Awarded Novels
长青藤国际大奖小说书系

每天做一件

Aster's Good, Right Things

正确的事

〔澳〕凯特·戈登 著　张佳璐 译

晨光出版社

做有价值的小事，收获美好的改变

人们常说"快乐的童年"，实际上所有人的童年都是快乐的吗？显然并非如此。来自澳大利亚的作家凯特·戈登在澳洲塔斯马尼亚海边的一个小镇长大，她儿时饱受焦虑折磨，与朋友疏远，甚至无法完成学业。长大后，她并没有忘记童年的这些经历，因此她的作品中饱含对身处困境的孩子的深切理解与关怀，让孩子们明白他们并不孤单，困境终有出路。

写一本关注儿童心理健康的故事书，其实是很难的。如果没有温暖和满怀善意的心，很容易写"过分"，显得太阴郁或是太沉重；而如果写得太过轻巧，又无法直达人心。但《每天做一件正确的事》做得很好，它根植于大多数儿童真正会遇到的困境，故事基调很温暖，即便主人公阿斯特在最难过时也被爱和善意包围着，最终结局也很圆满。

而且，这个故事的构思很巧妙，它一共有三十章，每一章都以阿斯特当天做的"美好而正确的事情"开始，记录了她三十天内所经历的事情和心理变化。她为什么要做这样的事呢？这还得从她小时候说起。

阿斯特很爱自己的妈妈，但妈妈在她很小的时候就离开了这个家，这对她打击很大。她把一切问题都归咎到自己身上，变得越来越敏感、自卑，内心充满了"噪声"。但难得的是，她并没有沉湎于自己的伤痛中，而是积极采取行动自救。她想到一个办法：每天做一件美好而正确的事，并把它记录下来。能让别人的生活变得更好、更快乐，哪怕只有那么一点点作用，她也会感到安心一些。

她默默地替逃避值日的英迪格做值日，哪怕英迪格对她很不友好；她偷偷地把自己的午餐送给没带午餐的弗林，哪怕自己饿着肚子；她把最喜欢的书送给乔丽夫人，即便她很不舍……

这样一些微不足道的举动，不但拯救了她的心灵，也改变了她的生活。因为每天都做一件"美好而正确的事"，她的生活开始慢慢发生变化——孤独的她先是有了一个朋友，然后有了第二个、第三个……朋友和亲人的爱治愈了她的创伤，给了她自信的底气，使她最终与自我和解，"内心的噪声"消失了。

这样一个通过每天做一件有意义的事去改变生活的故事，不仅能够带动读者变得积极阳光，还能引起他们的共鸣。正如一位读者所说："这本书读起来很棒，让我感触良多。阿斯特的遭遇令人悲伤，结局却充满希望。看完后，我对自己的母亲满怀感激。……我认为这本书虽然是面向中小学生的，但成年人也能从这本书中有所收获。"

目 录
Contents

这本书献给我的父亲——

　　一个知道怎么做正确的事，并且在我"躲起来的日子"里也知道要对我说什么的人。

　　我无法放弃它们——尤其是那些美好而正确的事——因为如果放弃了，我就会变成一朵云飘走，然后风暴会马上来临，把我吹得无影无踪。

　　做美好而正确的事非常重要。总有一天，人们会注意到我在做这些事。总有一天，人们会看到我做的事，看到我。然后他们会喜欢上我，至少……

　　他们将不再弃我而去。

第一章　一朵花，一朵云

周一，美好而正确的事：今天在冰激凌店的时候，阿斯姆给了我太妃焦糖味的冰激凌，我没有提醒她我要的是香草酸奶味的——即使我不喜欢太妃焦糖味的，我也不想让她不开心。当然，我也没说我要的是杯装的，而不是甜筒的。我想，也许她今天心情不太好。

阿斯姆·罗杰斯有一头蓝色的头发，就像某些鸭子的神秘羽毛一样——那种羽毛看起来像亮闪闪的眼睛。我以前觉得那种羽毛是为了吓跑捕食者的，后来爸爸说，其实那种羽毛是用来吸引鱼类的。那阿斯姆的蓝头发就是用来吸引男孩的，我想。因为每周都有不同的男孩坐在冰激凌店外的高脚

凳上，像看着一块甜点那样注视着她。

几天后，这些男孩就离开了，从此她总是像她那头蓝头发一样忧郁。我觉得她喜欢他们所有人，不然为什么他们走了以后，她会那么不开心呢？

我不知道他们为什么离开。我觉得阿斯姆充满了魔力。

我特别希望她能成为我的朋友，尽管她十五岁，而我只有十一岁多一点。我第一次见到她时，就感觉我们的灵魂发生了奇妙的共鸣。

不过，我觉得她并没有同样的感受。你看，如果她想和我交朋友的话，会记得我从不点太妃焦糖味的冰激凌。当然，我不会提醒她。我不想让她变得更忧郁，而且，如果这样能让她高兴一点，或者至少没那么痛苦，那它就能成为周一的一件"美好而正确的事"，为我做过的好事再增加一件。即使她不会成为我的朋友，我仍然希望她能对我绽放灿烂的笑容，而我也会以微笑回应。

我将这件事记录在我小小的棕色日记本里。周一的任务完成了。现在我可以松口气，拿着我出了点小问题的冰激凌，心安、自在地回家了。

如果冰激凌没有完全融化，我可以把冰激凌给爸爸，这也算做了一件好事。因为爸爸很喜欢甜筒冰激凌，如果我把甜筒给他，他会很开心。虽然他平时总是一副乐呵呵的样子，但给他一个甜筒会让他更开心。

也许他会给我们做土豆泥当晚餐。当然，我不会主动要求。因为我已经长大了，这么喜欢吃土豆泥可不太合适，就像我已经长大了，不能再喜欢太妃焦糖味的冰激凌了——长大就不该再喜欢那些让我太放松的东西了。

我不会要求爸爸做土豆泥的另一个原因是，他太忙了。

爸爸很忙，因为他很重要。他是位老师，刚被提拔为市里一所高级学校的校长。但我不在那里上学，我上学的地方据说对我这样的人很友好。在这所学校里，我们不用塑料制品，午餐用木碗吃扁豆；如果踩到虫子，我们还会为它祈祷。我们学校的教育理念是"温和""呵护"，我们不用穿校服，而且可以随时表达自己的感受。我们学校的每个人都善良又热情，还能包容别人。我告诉爸爸，他们都是这样的，但事实上，这不是真的。我并不是说他们待我很刻薄，他们没有霸凌我或排挤我，除了英迪格，没人找我麻烦。他们根本注意不到我。

我个子确实特别小，但不是因为这个。

也不是因为我浅棕色、像剥落的树皮一样的头发，或是我纤细的四肢和看起来最多只有九岁、十岁的外貌，更不是

因为我的眼镜或者兔牙。在信天翁学校，没人能注意到我，因为我实在太平平无奇了。

我不像安纳利斯，她歌声如天籁，美得如梦似幻；也不像弗林，他又帅又有魅力，未来肯定要治理国家；更不像英迪格，她的野性让她与众不同。

我的学校是一所为特殊人群建立的特殊学校，但我并不特殊。

我注定不会治理国家，也不会赢得诺贝尔奖，更不会创作出能在卢浮宫展出的装置艺术。

我注定不会有任何成就。从来都没有。

我不会唱歌，不会跳舞，也不会制作大树雕塑；我不会画画，甚至都不会吹口哨，表演也十分蹩脚；我只是稍微能写点东西，但根本没有人会留意这件事。

我在自己的棕色日记本上写东西——写已经发生的事、我希望发生的事，以及永远也不会发生的事，如独角兽、变形怪人和通往其他世界的入口。

我写下我做过的美好而正确的事。这也是件我不该再做的事，就像不应该再喜欢土豆泥和太妃焦糖味冰激凌。

在我这个年纪，很多东西都应该抛诸脑后了。毕竟，如今我已经是一个青少年，几乎已经长大，马上就是成年人了。

但我做不到。我无法放弃它们——尤其是那些美好而正确的事——因为如果放弃了，我就会变成一朵云飘走，然后风暴会马上来临，把我吹得无影无踪。

做美好而正确的事非常重要。总有一天，人们会注意到我在做这些事。总有一天，人们会看到我做的事，看到我。然后他们会喜欢上我，至少……

他们将不再弃我而去。

我到家的时候，爸爸正在书房里，我的冰激凌还没融化。当我把冰激凌递给他的时候，他笑着说："花瓣，阿斯姆又把你点的东西搞错了吗？"

爸爸总管我叫"花瓣"，因为我叫阿斯特，这是一种花的名字。我虽然觉得自己的年纪已经不小了，爸爸不应该用这么幼稚、愚蠢的小名来称呼我，但我真的很喜欢有个昵称。学校里很多孩子都有昵称，但没有人费心为我取一个。

我喜欢做"花瓣"。

我喜欢爸爸一边叫我"花瓣"，一边弄乱我的头发，尽管这么做会让我的头皮微微发麻。我喜欢他告诉我他的工作不多，很快就会过来给我做晚餐，并让我在他回去工作之前，跟他讲讲我在学校过得怎样。

我没有告诉他我真的很想吃土豆泥。

我告诉他我在学校挺好的。从某种意义上来说，我在撒谎。同时，这也不算撒谎。

我在学校不是不好，只是过得很平淡。

我从不在课堂上发言，老师也从不点我的名字，因为他们知道我什么都不会说。我想他们是不想让我难堪。从这个角度来说，他们还挺好的。

我想，这是因为他们不知道要拿我怎么办。信天翁学校的老师知道怎么对待那些出类拔萃的孩子，但是他们不知道怎么对待一朵云，一只小耗子，一朵苍白的、即将枯萎的花朵。

而且，他们不叫我，还因为其他孩子都踊跃发言，掩盖了我。

课间休息和午休时，我躲在一个只有我知道的树洞里。

我已经长大了，不应该再躲在树洞里。我已经长大了，不应该再闭上眼睛想象这个树洞是通往另一个世界的大门了。

其他同龄女孩都打了耳洞，但我太怕针了。

其他同龄女孩都去听音乐会，但我不喜欢人群。

其他同龄女孩都在为上大学做规划，可我连现在的自己是一个怎样的人都不清楚，更别说七年后我会成为什么人了。

其他同龄女孩穿短裙、踩高跟鞋、化着妆，看起来比实际年龄大很多。但我却很小，而且我觉得自己永远都会很小，从灵魂到外表。

其他同龄女孩已经会编歌，听起来就像收音机里的歌——那种有电影情节的歌，会让人起立欢呼的歌。

我躲在树洞里的时候也编了一首小歌，但编得很糟糕，听起来像乱七八糟的音符拼凑而成，也许这是我的大脑唯一会做的事情。

那首小歌讲的是角落里有个小女孩，她蜷缩成鹦鹉螺的形状，仅有的一小块光芒照耀着她。光芒在缓慢退去——来到女孩身边——而阴影在追赶它。阴影渐渐吞噬了光芒，吞噬了女孩。在女孩被彻底吞没之前，她所做的一切——任何美好而正确的事——都无法阻止阴影的吞噬。

> 没有什么能把阴影阻碍。
> 它们伸出手指，
> 触须和利爪锋快。
> 我是一只鹦鹉螺，蜷缩在地板，
> 我的壳已不在，
> 只剩皮囊一块。
> 阴影的利爪抓住我，

　　将我拖拽……

　　再无美好而正确的事情来……

　　这时候，我不唱了，我意识到自己今天还没有做美好
而正确的事，这个念头仿佛瞬间扼住了我的喉咙，让我无法
呼吸。

　　我在树洞里吃了我早上做的三明治，但因为我还没有做
美好而正确的事，三明治吃起来索然无味。

　　我还吃了一个苹果，但我没碰爸爸在我打包好午餐之后
偷偷放进我午餐盒里的巧克力。学校不让我们在午餐盒里放
垃圾食品，因为我们是一所主张"身体健康，头脑健康"的
学校。爸爸知道不吃垃圾食品的规定，但他觉得这很荒谬。
他说，他小时候，孩子们上学只带涂着维吉麦果酱的三明治、
雷明顿蛋糕和史密斯牌鸡肉味薯片。他的祖母在上学的时候
恰逢战时，有时午餐只吃加了人造黄油的白面包，能吃上一
块巧克力脆饼就不错了。

　　"她已经九十四岁了，还活得好好的，她可没有听说过
羽衣甘蓝和藜麦。"他告诉我，"吃吧，吃巧克力吧，花瓣。"

　　有时候，我都不敢相信我爸爸竟然是个校长。在家里，
他总是冒傻气。我猜这是因为他是我们家唯一的成年人，又

是他所有兄弟姐妹中最小的那个，在学校也是成天被小孩包围。诺尼姨妈有一次说，爸爸故意扮傻是为了让我高兴起来，勇敢一些。他希望我能更勇敢，更狂野，更招摇，更大胆。相反，我安静得像一朵花，脆弱易碎，没有人看到我。我是最糟糕的那种孩子。姨妈说的是对的，这让我感觉很难受。我想成为爸爸期望的孩子，但我却是一朵花。

我是花瓣。爸爸说我的昵称很美好，但事实并不是这样。我是花瓣，我柔弱而易碎，我躲在其他更大、更耀眼、更明艳的花朵中间，根本没有人看到我。

诺尼姨妈发现她的话令我难过了，便说："啊，阿斯特，我并不是说你需要改变什么，也不是说你不完美，更不是说你不是一个正常的十一岁小孩……"

"我不是一个正常的小孩！"我告诉她，"我既像四岁，又像四十岁，但不像这中间的任何岁数，每个人都希望……"

我没有继续说下去。

我没说不光是爸爸希望我成为一个正常人，妈妈也是这么希望的。

这就是为什么她离开了我们。

第二章　我心里的噪声

周二，美好而正确的事：今天我替英迪格去图书馆值日，尽管周二是我唯一不需要值日的日子，尽管我真正想做的是看看那只黑兔是不是回到了学校花园尽头的玫瑰花丛下面。

我知道，我年纪不小了，不适合追着兔子跑了。

英迪格不知道我替她值日了，因为她忘了自己还得值日，毕竟她平时并不是图书馆员。她只值两天班，作为惩罚——按我们学校的说法是"受教育的时刻"。也许有的人，比如老师，会说我不该替她值日，因为这是一个"受教育的时刻"，不过我很高兴我这么做了，因为我不想让英迪格有"不理想的时刻"。她经常遇到"不理想的时刻"。

　　我决定给兔子起名叫蜀葵，因为她是黑色的，就像外婆花园里种的蜀葵花的花心一样。我用花的名字给她命名，还因为我的名字也是这么取的，我妈妈家族里所有女性的名字都是这么取的。我妈妈叫艾薇，就是常春藤的意思。诺尼姨妈的本名叫佩奥妮，就是芍药的意思。她的全名是佩奥妮·福格尔，我觉得这个名字听上去很像儿童文学作家的，大概这就是为什么她最终成了一名儿童文学作家。而且芍药象征着运气和财富。这是一个非常好的名字。但我很小的时候，不会念"佩奥妮"，只能说"诺尼"，所以后来我就一直这么称呼她。

　　我第一次见到蜀葵是在开学的第二天。那天是周二，恰巧我不需要去图书馆或者餐厅或是别的什么地方值日。午餐时，天在下雨，我无法坐在树洞里吃三明治，因为里面全是湿的。虽然皮肤上的凉意可能会让我一时感到舒服，但当我瑟瑟发抖地坐在椅子上，还有一个小时才能下课时，那种凉意就很讨厌了。

　　玫瑰花丛在学校围栏边的遮阳棚子下面，所以我知道那里肯定很干爽，而且没有人会冒着大雨跑到操场的尽头。此时，其他人或在室内观看装置艺术的影片、画画、编创戏剧，或是唱着他们自编的美妙歌曲。我无法跟着他们一起

唱。我永远记不住歌词，我的声音也颤抖不已。

我也无法演戏，因为人们都会盯着我看。

甚至和别人一起看影片都会让我感到紧张。我永远都不明白那些影片想说什么，而且它们总是让我感到难过。如果我哭了，却无法解释我为什么哭，那怎么办？

我以为玫瑰花丛旁只有我。但事实并非如此，因为蜀葵也在那里。

当时，我不知道她是蜀葵。我只知道她是一只大黑兔，有一只耳朵尖是白色的，像被雪精灵吻过一样。当我靠近她的时候，她嗅了嗅我的手指，然后坐在我脚上睡着了。整个午休时间我都没有动，因为我不想弄醒她。

我猜我们现在已经成为朋友了。我知道我应该赶快坐下，而不是站着，这样她可以蜷缩在我的膝盖上，我们两个都会很舒服。

我确保我们藏得好好的，我可不希望其他孩子看见我们。要是被他们看见了，会怎么想我们呢？

"那个无聊又安静的女孩终于交到了朋友……可这个朋友是一只兔子。"

蜀葵闻起来像稻草，睡着的时候会打呼噜。当她醒着的时候，我发誓，她会对我微笑。而且我有时候觉得，也许……

有那么一点可能……她能听到我的想法。

我知道，这听起来很荒唐。

而且老实说，这让我感到害怕。我不希望她知道我脑海里的真实想法，我不希望她感染了我的悲伤。

我不希望她听见我心里的噪声。

我不知道蜀葵是谁家的，但她戴着个小项圈，看起来被喂养得很好，过得很幸福。我想她一定有一个温暖的家可以回——只要她想回去。我喜欢想象她出来就是为了见我。

我本想在今天午休时去看她，所以打铃后第一个离开教室，我想赶紧溜走，但万万没想到，在经过图书馆时，我听到图书馆员卡纳维尔夫人对她的助手格里芬夫人说，英迪格此时应该已经到图书馆了。确实如此，我们有值日工作时，可以提前离开教室，好准时值日。

英迪格本应该在图书馆。她只在这两天值日，因为她把一个全素塔可饼扔到音乐教室的墙上，砸到了安纳利斯的脑袋。英迪格发誓她不是故意的，但没有人相信她。从来没有人相信英迪格。她的"受教育的时刻"就是在图书馆值日。但她讨厌图书馆的值日工作，她讨厌书，讨厌所有的事情。

我总觉得格里芬夫人可能是一个女巫，当然，我也知道这是无稽之谈，或者说是一种非常幼稚的想法。没有一个超

过八岁的孩子还会相信有女巫存在。格里芬夫人说她要立刻去找校长米尔本夫人，聊聊英迪格的事……

因为"这样可不行"，而且英迪格"对其他孩子产生了不好的影响"，"她应该受到惩罚"。

英迪格受过多次惩罚——"以友善和审慎之心，学习有用的人生课程"。因为她很难停止讲话而去倾听，有时候她会突然暴怒，也从不愿意进行体育活动。我觉得这是因为她身材高大，当她穿上运动服，其他孩子会嘲笑她。但英迪格告诉老师的却是"体育运动太愚蠢了"，随后她就被"审慎地教育"了一番。

在爸爸管理的学校，像英迪格这样的孩子会被留校察看或者直接停学。但在信天翁学校，她被要求在小卖部帮忙，复印文件，整理那些为"通过户外触觉游戏探索自我和环境（就是在泥里玩耍或者在水坑里跳跃）"的孩子们准备的备用衣服。或者去图书馆做值日生。我想，如果你是英迪格这样的人，这可能是最糟糕的"教学"方式了。因为比起运动、课堂和全素塔可饼，她更恨书本。

还有一个原因是，在图书馆里要保持安静。英迪格不擅长安静。有时候，我怀疑她心里是不是也有噪声，就像我一样，只是她更不善于隐藏它，更不善于将它藏在心里。

或者说，她更善于发泄。

英迪格与其他学生不同。她并不出类拔萃，也不特殊。有时候，我觉得她有点像我。我喜欢她。

但她不喜欢我，因为我很害羞，而且有时候我会盯着人看，她以为我在盯她。严格来说，我确实有点这样。她说："你在看什么，疯子[1]？"我满脸通红，无法应答。

我想对她说，别叫我"疯子"，因为这是一种歧视精神病人的蔑称，任何人都不应该这样叫我。爸爸说，如果有人这样说，他会立刻和校长米尔本夫人谈这件事。但即便爸爸是校长，有时他也不明白作为孩子在学校里会有什么感受。

有时候，他甚至不能理解我在学校的感受。

我不能让他去和米尔本夫人说英迪格叫我"疯子"之类的事，那会毁了一切。到时大家会知道我爸爸——一所不"审慎教学"、食堂里有香肠卷的学校的校长——到学校来为我出头。

他们会知道我陷入了麻烦。

所有人都会盯着我看。

英迪格会更不喜欢我了。

---

[1] 原文为 Lunatic，通常指精神疾病患者或行为异常的人。这个词带有贬义，因此较少在正式语境中使用。（若无特殊说明，以下皆为编者注。）

此外，"疯子"这个词可能有点贬义，但也不见得就是假话。这是事实。它被爸爸写下来签字交给了学校，这样学校就知道该怎样对待我了。这样他们就会了解我的全部——我的内心，我心里的那些噪声。

我的诊断报告。

诊断报告上写的不是"疯子"，但是个同义词。英迪格没说谎，她只是用词不当。

当她用别的不太好的词形容我的时候……

也许她说的是对的。

我不知道。我不知道如果让我用几个词来形容自己，我该怎么选。我只知道别人形容我会用些什么词，或者不用哪些词。我只知道当人们对我不置一词，或是驱车离开的那天，把所有话语连同洗发水、肥皂和衣服一起打包带走时，我是怎样的失落与空虚。

我知道英迪格不会因为我帮她值了日而感谢我，但我还是这么做了。我走进图书馆，径直走向卡纳维尔夫人——这看起来很勇敢，其实并不是这样，因为格里芬夫人才是可怕的那个——我说："英迪格病了，我来替她值日。"

我不知道她们会不会相信我。

反正格里芬夫人肯定不信。她斜睨了我一眼，噘着嘴嘟嚷着什么"公然不敬",然后噔噔噔地走到她的包书机器旁。我看到第一本书的书皮鼓了个气泡。

格里芬夫人还说了爸爸跟妈妈打电话时常说的一个词——他以为我没听到。有时候我会在脑海里想起这个词,但永远不会说出来。尽管我已经十一岁了,而且这个词可能不会让其他孩子感觉难堪。

卡纳维尔夫人说我是个好姑娘,这让我觉得特别高兴。

不过随后我又担忧起来。因为我不该因为做了美好而正确的事情而高兴。如果这些事情让我感到高兴,那一定是我哪里做错了。

在书里,人们做美好而正确的事只是为了帮助别人。

这也是我该做的。

我不应该帮助自己。

这不是事情的重点。

我无可救药,那个诊断书上说。

妈妈离开之前,也是这么说的。

我告诉卡纳维尔夫人,英迪格是一个可爱的姑娘,我只是按她说的做。她看起来有一点难过,我感觉好一些了,但后来我又想起,美好而正确的事也不该让人觉得难过——即使他们与这件事无关。然后我开始担心,我让卡纳维尔夫人

难过了，万一她不让我当图书馆员了怎么办？

"没事的，小甜心。"她说。这话有点莫名其妙，因为我没跟她说我的担心。

我不知该说什么，所以什么都没说。我的喉咙发紧，脑子里的噪声太大，让我想不出任何话来回应。于是，我走过去按照杜威分类法[1]开始整理书籍。

值日结束后，我有十分钟的午餐时间，我趁机跑到玫瑰花丛去看蜀葵还在不在，刚好看到她跳走了。

我希望她知道明天我还会来看她。

我希望她不要对我失望。

---

[1] 1876年，由梅尔维尔·杜威创建，是一种广泛使用的图书分类系统，便于读者查找书籍资源。

第三章　放她离开

周三，美好而正确的事：我没告诉爸爸我今天过得糟糕透了，虽然确实如此。每次我说今天过得很糟糕，他总是很担心。

我也不希望他打电话给妈妈。每当我告诉他我今天过得不好，他会说他应该给妈妈打电话。有时候，他挂了妈妈的电话后，会回到房间里哭泣。

我妈妈是在六月中旬的一个周日早上离开我们的，就在我十岁生日后的一周。

我生日那天，她给了我六本新书和一条印有小碎花的裙子。那条裙子更适合比我成熟的女孩穿。

一周后，她开车离开了我。她笑着向我飞吻，大声喊道："该是我闪耀的时候了！"

我从她打开的车窗里听到麦当娜的音乐，她伴着音乐节奏一边点头，一边转动方向盘。

她确实很耀眼。当时，在小汽车里的她熠熠生辉。在那之前，她每天都光芒四射。

而且，当她的车在视线的尽头越来越小——当它消失在路口拐角，驶进一个地方，在那里，我妈妈发出的光芒将比她在我们郊区的小房子里发出的更大、更好、更明亮时，我变得黯淡无光，成为一个影子。

我在想，她为什么没看见？

她对我来说，一直都是太阳。

她是我们光芒四射的明星，我和爸爸倾其所有地爱她。但我们只是一朵枯萎的花和一个内心是男孩的男人，我们的爱对她来说永远不够。

我们永远无法创作出麦当娜那样的歌曲来形容她的活力。

她舞动着开车走了。

她微笑着开车走了。

爸爸拉着我的手走回屋里，对我说："你知道这和你无关，对吧，花瓣？这根本不是你的错。"

但一个更聪明懂事的女儿会让妈妈留下的。

早上，我起床的时候，电台里播放着麦当娜的歌。听她的歌总让我心情不好，以前我很喜欢她的。

下楼后，爸爸调了电台，另一首流行歌曲响了起来。这首歌听上去像学校里的孩子们编的，光鲜亮丽，仿佛点缀着亮片一样。我跟着电台的声音一起哼唱着，这次，我记住了所有歌词。

我去洗手间洗漱，准备去上学。当我出来的时候，空气里弥漫着玉米片和热牛奶的味道。世界上没有任何东西能和这个味道一样。

"今天是什么好日子吗，花瓣？"爸爸问。电台正在播放披头士乐队的歌。

爸爸曾告诉我，朱迪是约翰·列侬的儿子。他本名叫朱利安，但保罗·麦卡特尼在写那首歌的时候改了名字，假装那首歌与他无关[1]。

大多人只知道这首歌最后长长的那段——不断重复，重

[1] 指披头士乐队著名的歌曲 Hey Jude，歌词中的朱迪（Jude）是乐队成员保罗写给乐队主唱约翰·列侬的儿子朱利安的，以此安慰列侬和第一任妻子离婚带给朱利安的伤害。

复，再重复，直到世界尽头。

我更喜欢开头。它很安静，很悲伤，但却是真实的生活。

"只是普通的一天罢了。"我把切碎的香蕉放在玉米片上，这是妈妈一直讨厌的做法，爸爸什么都没说，但他的脖子紧绷了起来。

我想道歉的，但是我不想谈起妈妈，所以我什么都没说。

香蕉变得味同嚼蜡。

我去学校的时候尽量走在人行道中间，我可不想踩到马路缝隙里长出来的雏菊。

我想，这些雏菊从缝隙中生长出来一定很困难。

多么勇敢啊！

校门口，英迪格·迈克尔正站在那里把蓝色巧克力包装纸撕成长条。"听说你替我做了图书馆的值日？"

我点点头，舌头有点不听使唤。

英迪格开始骂我。

我继续向前走。

英迪格骂得更凶了。

我继续走。

有些男孩盯着我看，因为他们听见了英迪格说的话。

"她叫什么来着？英迪格在骂的那个人。"

"我记不清了，她太安静了，我总想不起她来。你听到过她说话吗？"

我继续走。

我是一个幽灵。我是一个幽灵。没人能看见我。我是一个幽灵、一个影子、一朵云、一朵枯萎的花。

隐形的。

只有假装自己是隐形的，我才能稍微喘口气。

上课前，我在图书馆值日。在拿一本很重的书的时候，我打翻了格里芬夫人的茶，弄湿了她包书的东西。

她尖叫起来，说我怎么这么不小心。当她对我大吼大叫的时候，我就无法做幽灵了。

卡纳维尔夫人不在，没人能制止她对我大喊大叫。她不停对我大叫，让我赶紧走开。于是我课前有了十分钟的空闲。时间太短了，我来不及去看蜀葵，只好躲在洗手间。

有人走进洗手间哭了起来。我屏住呼吸，静静地等着她们离开。她们离开后，悲伤似乎也留了下来。我吸入她们的悲伤，也哭了一场。

当四周安静到我能听到墙骨发出的嘎吱声时，我走了出去，看着生锈的镜子——它又小又模糊，因为"过于关注外貌，会夺走我们对世界的好奇"——从中看到了一个朦胧的自己。

我对朦胧的自己说："你已经不小了，不能在厕所里哭了。你什么时候才能长大？"

课堂上，迪宁老师问我还好吗，我猜是因为我看起来不太对劲——脸红红的，很悲伤，也许还有点恍惚——但我没法开口说话。我听到一些孩子在窃笑，我又想哭了。

他让我谈谈对一场新爆发的战争的感受，我什么都说不出来。迪宁老师说，如果我能写下来也是很好的。

我想试着用一首歌来表达，但写出来却有些杂乱无章。

> 我凝视着逝者的双眼，
>
> 他们也看向我无害的脸，
>
> 我们看起来很像，
>
> 却如镜像，
>
> 被困在
>
> 这破碎世界的两端。

安纳利斯说了很多，还哭了起来。弗林·布鲁门萨尔拍了拍她的肩膀，不知道为什么，这让我更难过了。我想这可能是因为弗林是个聪明的男孩，他的笑容看起来情真意切，而安纳利斯是对着我窃笑的孩子中的一个。

午休时间，蜀葵不在老地方。我担心她永不再来。我劝自己，这不会是真的，我只是杞人忧天。

快快长大，成熟起来吧！

戏剧课上，我忘了一句台词，我现在想起来了。

"放她离开！"

放学的时候，英迪格又出现在校门口，她朝我头上扔了一块无糖无麸质的胡萝卜蛋糕。

但当爸爸问我"今天过得好吗"的时候，我说："是的。"

第四章　无所不知的日记本

周四，美好而正确的事：我让弗林·布鲁门萨尔吃了我的午餐。我没等他说"谢谢"，因为那样感觉会太好。我也没有等着看他微笑，因为那样会更糟。

没人知道这些事，除了我自己，只有我的日记本和蜀葵知道，而且我想蜀葵会帮我保守秘密的。

这些事始于妈妈走后。

这些事始于让爸爸和诺尼姨妈不要离开我。但后来它们变得越来越重要了。

现在我做这些事是因为如果我不做，风暴就会降临。

我爱的人们可能因此死去——也可能不会，但的确有这样的可能——如果我不做……

我可能会因此死去——也可能不会，但的确有这样的可能——如果……

我做这些事是因为我不知道不这样做还能怎样。

我告诉自己，我这么做是因为我是一个好人，但……

我这么做是因为它成了一种迷信，就像敲木头祈求好运，或者不踩裂缝来避免厄运一样。如果我不每天做一件好事并不求任何回报，一切都会像飓风中的树屋一样倒塌，全部化为尘土。

我不能告诉任何人这些美好而正确的事。因为他们可能会觉得我有毛病。他们甚至可能会想阻止我，然后风暴就会降临，一切都会崩塌。

我把它们写在我的日记本里，包括其他的一些事情：发生过什么，我做过什么，还有那些让我的心和大脑感觉太沉重、太紧张、太吵闹的事情。那些事让我想尖叫，我觉得要是不把它们都写下来，我也会尖叫。

我写妈妈。我写小时候，她是如何抱着我在客厅里跳舞，拿着一把木勺子当作麦克风。

写我生病在家的时候，她让我和她一起看大人才会看的肥皂剧。

写她把头发染成番茄色，然后又染成梅子色，还有一次染成蓝莓色。

写她身上的柠檬和香料的味道。

写我如何乞求她留下来，但不足以打动她的事。

我不够分量。

我写搬走的外公外婆，写过世的爷爷奶奶。写那个在妈妈肚子里待过一段时间，但觉得地球不适合自己的宝宝。她现在在一个有精灵和饼干的地方。至少，在我的笔下是这样的，写完之后我感觉好多了。

每次在写完东西或是做了好事之后我总会感觉好一些。我会感觉没有那么紧张，轻松了一些。有那么一小会儿，我感觉自己有点像水，或是空气。

今天，弗林·布鲁门萨尔忘记带午餐。我在阅读时间听到他对安纳利斯这么说的。

他的声音很轻，但我还是听见了。因为弗林·布鲁门萨尔的声音在我听来就像糖霜一样，即便是轻声细语。

"我一定是把饭盒落在家里了。不然也没有其他缘由能解释它怎么从我包里不翼而飞了，对吧？嗯……其他东西都在。"

那段时间，我正在读一本关于魔法面包店的书，所以一开始这两个想法——魔法面包师和没有午餐的弗林——混在了一起，我想用魔法改变它。但后来我清醒过来，意识到世界上没有魔法，只能由我解决这个问题。

我今天也做了一份可口的午餐。食材是诺尼姨妈为我们买的，所以里面有很多健康食物，就像我们应该带的那种。我把胡萝卜和甜椒切碎，将鹰嘴豆酱放在一个环保餐盒里，还放了一个苹果、一些奶酪和煮鸡蛋。我尤其满意这个鸡蛋，因为这是我第一次自己煮鸡蛋，爸爸对此也很钦佩。尽管他说他四十三岁了还不会煮鸡蛋，而我这么小就会自己煮鸡蛋了，这让他"有点不安"。

我提醒他我已经十一岁了，我们班里有一半的孩子已经能独立做素食果仁蜜饼和烤燕麦片当午餐了。他嘟囔着说："这可真让人不安。"然后他嘀咕了一些关于素食的话，但我没听清，最好还是别听清。

爸爸问我要不要带一块巧克力饼干当午餐甜点，我想他在开玩笑。我带了五个杏干，并暗下决心要学会做素食果仁蜜饼。

我把我所有午餐放进了弗林的背包，并留了一张纸条，上面写着"吃我吧"。我故意把字写得和平时不一样，其实根本没有必要，我敢肯定他压根不知道我平时的字是什么

样的。

他根本不会注意到关于我的任何事情。

我是在去图书馆值日的路上做的，那时候别人都还在上课。

我一走开，脑中就开始冒出一些刻薄的念头。

它们低声说："他会讨厌这份午餐，里面只是些鸡蛋、水果和杏干而已。安纳利斯的午餐盒里可是自己做的日式煎饺，还有自己家做的豆腐。他可能会把我送的午餐丢进垃圾桶，或者喂野生动物（在确认食物安全后），或者把食物捐给收容所里的无家可归者，或者用它做概念艺术。他还是会挨饿，这都是我的错，因为我不会做日式煎饺或素食果仁蜜饼。无论我多么努力，还是什么都做不好。"

当我打开图书馆的门，那些刻薄念头才消停。图书馆里更凉爽，更安静，让我内心的一切都安静下来。

周四，格里芬夫人不来上班，只有我和卡纳维尔夫人。因为外面阳光灿烂，图书馆里很安静，所以我整理好书架后，她就让我看书。她说我可以早点走，享受一下阳光。我试着告诉她我想多待一会儿，她摆摆手说："你不用向我证明你有多好，亲爱的阿斯特。今天天气很好，你去玩吧！"

我还在犹豫之际，她眨了眨眼睛，说："我好像在学校操场尽头看到了一只黑色的小兔子。"

"我已经长大了，不适合追兔子了。"我对她说。

她从眼镜上方凝视着我。"总有一天，你真的会这样。"她郑重地说，"去找那只兔子吧。"

我到操场尽头的时候，蜀葵正在玫瑰花丛下面一动不动地坐着，看着我走向她。这让我感觉好一点了，因为她看起来像在等我，盼着我来。我把她抱在怀里，她在我的膝盖上睡着了。我轻轻摸她的耳朵，告诉她关于弗林和午餐的事情，以及我有多饿。

这时候，我听见玫瑰花丛后面传来一个声音。

"你可以吃一点我的三明治，"他说，"如果你想吃的话。尤其是你已经抱着我的兔子了。"

第五章　玫瑰花丛下的男孩

周五，美好而正确的事：上学前我去了玫瑰花丛旁边的围栏。我仔细看过了，没有人在边上，连蜀葵都不在。我在围栏上钉了一张纸条，然后就跑走了。

亲爱的蜀葵朋友：

我很抱歉，当你递给我三明治的时候，我却跑掉了。

那不是因为我无礼，也不是因为我不想吃你的三明治。我想你的三明治一定非常好吃。它闻起来很香。是不是放了榛子酱？我非常喜欢榛子酱，但是学校不允许我们吃这个，因为会有过敏的风险，而且它是大型垃圾食品公司生产的（我猜它就像大药厂一样，不过它生产的是垃圾食品，当然了，我不是说你的食物是垃圾食品），我的学校有很多奇怪的规定。

也不是因为我想偷走蜀葵，尽管看起来确实像。对此我很抱歉。我本想把她放下来，但是她可能正处于半睡半醒之间，扒着我不放。我敢肯定这并不意味着她喜欢我胜过喜欢你。她只是睡糊涂了。她看起来是一只非常快乐又被照顾得很好的兔子，你应该为你是一个好主人而感到骄傲。

希望我把她的爪子从我的连帽衫上拿开后，她能找到回家的路。它的爪子只在我的衣服上留下了几个小洞，你不用对此感到抱歉。我们学校没有校服，那只是一件普通的连帽衫。

我跑掉的原因是你不声不响地靠近我，吓了我一大跳。我想你一定不是故意的，我并不是在针对你。一般来说，人总是让我害怕。尤其是我以为只有兔子在那儿的时候，却突然出现了一个人。

其实，就算我知道有人要来，也还是会害怕。

所以，不管怎么说，我给你留言就是想说声"对

33

不起"，希望你不会感到难过。我以后就在树洞里
吃午餐，不会和蜀葵说话了，也不会让她睡在我
膝盖上，因此你不用担心了。

你真诚的

花瓣

P.S. 希望你度过了一个愉快的下午。

在我写下"你真诚的"这几个字之后，我想到了很多问
题，想问围栏那边的男孩。我的问题有：

你是谁？

你住在学校旁边吗？我之前都不知道有孩子住在我们学
校旁边。

既然你住得离我们学校这么近，为什么不来这里上学
呢？你看起来和我差不多大，所以你应该和我一个年级。为
什么你不和我一个班？

你昨天为什么不上学呢？我猜你上的是圣卡斯伯特学校
或者普通的公立学校。如果你不在我们学校读书，不也应该
在自己的学校吃午餐吗？

你是生病了吗？

你喜欢榛子酱吗？你喜欢小兔子吗？你是不是觉得长大

后就不能喜欢榛子酱和小兔子了？

你生我的气了吗？

当然，我没有将这些写在纸条上，因为这不属于美好而正确的事。

确保那个拿着三明治的男孩不会因为吓到我而感到难过，或是因为我没有吃他的三明治而觉得被冒犯，才是美好而正确的事。

我也不想让他感到害怕，或是担心可能有一个疯女孩躲在玫瑰花丛下，想要绑架他的兔子。

其实我不知道留下纸条算不算真正美好而正确的事情。

我的意思是，那个男孩肯定会知道那张纸条是我写的，而只有当我帮助的人不知道是我在帮助他们时，美好而正确的事才算数。

然而，那个男孩肯定会知道那张纸条是我写的，以及我为什么要写那张纸条。

我没有用真名，但很明显，那就是我。除非在玫瑰花丛里给陌生女孩送三明治是他的日常爱好之一，不过就算是以我的标准来看，那也是很奇怪的事。

我只希望再也不会见到他，然后他把我忘了。也许他都没看清楚我长什么样子。要是这样，那就算是一小件美好而

正确的事了。

不能再去跟蜀葵见面让我有点伤心。也许我的悲伤会让这件事更有意义一点。

不过，我确实喜欢他的三明治的味道。

而且他的声音也很好听，尽管不如弗林·布鲁门萨尔的声音好听。

能养出这么可爱的兔子，还给她配上漂亮的项圈，他一定是一个好男孩。

还有，他住在学校旁边却不用上学，而且没人知道，这件事真让人好奇。

我从来没有注意过他住的房子。我上学时通常目不斜视，不想被任何人看见，也不想和任何人说话。我总是低着头，快速走过。

这天早上，我注意到了他家的房子。

那是一幢白色小木屋，门前路旁的灌木修剪成了棒棒糖的形状。小屋的前廊外挂着一串用玻璃和贝壳做的风铃。窗帘是用蕾丝做的。信箱的两边画着花朵，正面贴着一张"请勿投递垃圾邮件"的贴纸。

看起来是一个温馨的房子。

这里住着一个养着小兔子、会跟陌生人分享三明治的男孩。我不得不努力压抑心中一种非常奇怪的感受——我可能想更多地了解这个男孩。

他不像弗林和阿斯姆那样引起了我的灵魂共鸣，但他让我好奇。我希望他是一本书，我可以从图书馆借来，从头到尾读完，然后再放回书架上。

我只想了解他。

我不想和他交朋友。即使我想和他交朋友——就像弗林、阿斯姆，以及其他人一样——我也怀疑他会不会想和我交朋友。

♪ ♩ ♪

那天在学校，除了卡纳维尔夫人和英迪格，没人跟我说话——英迪格在我上音乐课突然呼吸急促时，朝我骂了一句。

因为轮到我独自演奏，可我就是做不到。

我想着那个男孩，让自己好过一点——我假装他是书里的一个角色，我也是，我们是朋友。在书里，各种各样的人都能交到朋友——即使是我这样的人。

我和男孩带着蜀葵，一起去冒险。冰激凌店的阿斯姆也

每天做一件
正确的事

在那里，我们都是非常勇敢的战士。我不需要再坚持做美好而正确的事，因为我是书里的角色，没有人想离开我。

每个人都想陪在我身边。

第六章　只愿对你敞开心扉

周六，美好而正确的事：我替诺尼姨妈找到了眼镜。我假装是她自己找到的，我想她没有注意到这一点。

周六总是很容易完成美好而正确的事，因为诺尼姨妈会来。除了写作时她能记住一群人物的性格和想象的世界，拼写出她创造的那些神奇动物的名字，就像在手上打了小抄，其他时候她总是丢三落四的。只要把她遗失的东西找回来，我的任务就完成了。

有时候我感觉简直像在作弊，因为实在太简单了。但为了能多加点分，在那天剩下的时间里，我都会格外懂事、热心和安静——虽然我也不知道谁在给我打分——尽管诺尼姨

妈说，当她和我相处的时候，我可以随心所欲地大声吵闹、调皮捣蛋。

她用的词是"相处"。

不是"照顾"或者"看护"，因为我不小了，不需要"看护"。

但这些词本质上对我来说，都是一回事。

那就是看管我。

因为我的大脑里有声音。

尽管诺尼姨妈是我妈妈的妹妹，但妈妈离开之后，她仍然是爸爸的朋友。我想她可能跟妈妈绝交了。我有一次听到爸爸问诺尼姨妈有没有妈妈的消息，诺尼姨妈语气坚决地说"没有"，就像不想提起此事。

每当我提起妈妈，诺尼姨妈总是很生气，但她什么也不说。当我提及妈妈给爸爸打电话，但从不和我说话的时候，她的鼻孔会张大，有时还会跺脚。

除了每个周六她雷打不动会来以外，有时晚上爸爸在学校有事，比如要举办音乐会或者颁奖晚会时，诺尼姨妈也会过来。

她来的时候带着垃圾食品、桌游、书籍和用来写作的笔记本电脑，电脑里还收藏了新上的儿童电影列表。我每次都告诉她，不必这样。

"你把自己想读的书带过来就行，"我告诉她，"或者是你想看的大人看的电影，就算带脏话的也可以。我保证，如果我听到了脏话，也不会学着说。我十一岁了，你真的不需要照顾我，你应该有属于自己的时间。"

我对诺尼姨妈总有很多话说，比和别人说得多。我也不知道为什么，和她在一起，我就能说。

"是相处，不是照顾。"诺尼姨妈又说了一次，"还有，我喜欢动画片和薯片。记住，花瓣，我为儿童创作。我必须和我内心的小孩保持联系，和你在一起给了我这样做的借口。拜托，别告诉我你不愿跟我相处，我会伤心的。"

为了不让她伤心，我一般都会和她看一场电影；也会吃点膨化食品，因为我真的很喜欢吃；还会和她玩一两盘桌游，并且故意输掉。

但午餐后我说要回自己房间待一会儿。我不想让诺尼姨妈整天跟我待在一起。

她总会说："好吧，只要你在房间里做些非常叛逆的事，比如把头发染成绿色，把所有牛仔裤都撕个洞，一边做这些事还一边在听非常吵、非常先锋的音乐，比如绿日乐队的歌——这乐队还存在吗？大概已经没了。"她做了个鬼脸，"我太老了。但我的观点仍然不变——绿头发、破洞牛仔裤和……

不管这个时代的绿日乐队是谁。把这些都做一遍吧！"

我微笑着答应她我会这么做的，然后就回到房间看书。我知道诺尼姨妈也暗自松了口气，因为她终于能有自己的时间了。

诺尼姨妈没有孩子，但是她有很多事要做。写书，在业余时间到一家慈善机构做志愿者，帮助"问题儿童"。她原本是一名受过专业训练的社工，但在写作事业腾飞后，她就放弃了社工的工作。多年来，她都向我保证不会拿我做实验，试图解开我的心结，但我知道，当我没注意的时候，她有这么做。也许这就是为什么我觉得可以跟她说任何话，因为我知道她会尽力读懂我的心思。

我希望她不要完全看透我。我不想让她知道关于美好而正确的事。

我确实私下里跟她说过，有时在学校会让我觉得很难过；也告诉过她，我很想妈妈。我这么说的时候，她的表情严肃了一瞬，然后给了我一个拥抱。

她告诉我，她很高兴我愿意向她倾诉，因为我不会把心思写在脸上。

"你不怎么笑，"她告诉我，"也从不皱眉。所以，你告诉我你的感受是件好事，否则我永远都不会知道。"

我觉得她在撒谎。我觉得她是知道的。诺尼姨妈也许对眼镜健忘又粗心，但对人心，她深谙其道。

她的眼镜在果盘里。

"我要没有你可怎么办呀，我的女孩？"她对我说，然后亲了亲我的脑袋。

"我要回房间啦。"我对她说。我完成了美好而正确的事，戴上眼镜，我们看了场电影，我还让她给我做了仙女面包当午餐，因为她觉得这很好玩。

"请你在房间里闹出一些青少年的乱子来吧！"她说。

"我会的。"我应声道。

我一回到房间就把枕头狠狠地摔在了地上，这样就完成了"闹出一些乱子"的任务，兑现了对诺尼姨妈的承诺。

然后，我读了一会儿书。这是关于一个能看见幽灵的小女孩的书，读书的时候，我希望自己是其中的一个角色，这样她就能看见我了。

然后，我把皮书签夹在书页中，盯着墙看了好大一会儿。

我想起了那个男孩。

第七章　悲伤中的希望

周日，美好而正确的事：我把我的《七个小澳大利亚人》送给了商店里的乔丽夫人，这是我最喜欢的书之一。希望她喜欢这本书。

我五岁的时候，爸爸第一次给我读《七个小澳大利亚人》。他负责在我睡前给我读书，这样妈妈就可以去"休息"一下。我从来没问过她"休息"是什么意思——显然，她需要离开我一下。

妈妈每天下午三点从托儿所接到我，到七点她已开始"抓狂"了。

她说我"不断侵占她的世界"。

她说我"从不给她喘息的时间"。

她说我总是不停地问她"为什么"，老是想坐在她膝盖上。而她太累了，只想"安静"。

即使我试图保持安静，也会让她很不耐烦。我翻书的声音太吵，吃的东西太脆，或者写字的时候太用力。

每天都是这样，除了某些日子。

特别的日子。

当妈妈开车来托儿所接我，车窗摇下，麦当娜的歌声从车内扬声器里传出，我就知道"特别的日子"到了。

我坐在托儿所窗户下的一堆垫子上，都能听到她在唱歌。每天吃完午餐，我都坐在那里。

等着她。

万一，今天是特别的日子呢。

在那些日子里，当我听到麦当娜的歌声传来……

我就知道一定是特别的日子到了。

保育员牵着我的手走向她，此时的我会一路蹦蹦跳跳，连跑带颠，而不是像平时一样拖着脚走。

妈妈会倾身打开后座车门，我爬到后座上的安全座椅里，保育员会帮我扣上安全座椅的安全带——因为妈妈忘记过一次，所以保育员想保证万无一失——做完这些之后，他们会

关上车门，透过窗户喊道："阿斯特今天过得很不错，和她玩的是——"

但妈妈此时已经开始倒车了，因为她对我在托儿所里过得怎么样并不关心。她只关心"此刻"。

"此刻"就是驾驶着车，离开停车场，去到繁忙的城市道路上，离开城市，驶向……某个地方。

某个特别的地方。

这就是她跟我说的："我们去一个特别的地方吧，我亲爱的女儿！让我们离开这个破地方。"

我其实从来不知道为什么说这里是"破地方"，但我知道我确实想和她一起离开这里。

然后我们会一直开……一直开，我盯着窗外，妈妈则给我讲她一天的经历、她的计划和她光辉的未来。然后，她会猛打方向盘，来到……

一片无人的沙滩上。她会把我从车里抱出来扔进河里，而我身上还穿着衣服。

或者我们会去一片树林，她会带我爬上嶙峋小山，而我还穿着不舒服的橡胶凉鞋。

或者我们会进一家冰激凌店，她会给我买三个甜筒冰激凌，让我全都吃光。

我们会在黄昏的时候回到爸爸身边，爸爸会急得绞着手，对妈妈大喊为什么不打开手机。这时候他看起来就像……一个大人，一个老头。

此时妈妈会摆摆手，把我——湿漉漉，或是满脚起泡，或是浑身沾满了黏糊糊的冰激凌——交给爸爸然后告诉他"给她洗个澡什么的"，因为妈妈已经"受够了"。

我从不理解为什么她这么说，我们不是很开心吗？我是个完美的女儿，她也玩得很开心。她喜欢我。

爸爸会应声牵起我脏兮兮、黏糊糊的手，把我带上楼，然后说："我想你了，花瓣。我可想你了。"

那些都是特别的日子。

其他日子里——其他所有普通的日子里——当爸爸回到家，妈妈就去客厅喝红酒，读杂志，跟着音乐跳舞。她也常在那里吃晚餐。

我全然不介意，因为她在客厅的时候，家里更有生气。

爸爸辅导我写作业，因为妈妈认为我已经够大了，能自己写作业。爸爸也会给我讲睡前故事。

我们读完了罗尔德·达尔和大卫·威廉姆斯写的所有故事。大卫·威廉姆斯和罗尔德·达尔很像，所以我也很喜欢他的作品。我还喜欢《彼得·潘》《爱丽丝梦游仙境》，以及

爸爸从学校图书馆为我借来的那些新书。

有一天，爸爸回家太晚了，我听到妈妈在电话里对爸爸吼叫——他忘记从学校图书馆给我带新的书回来。

我不介意。我只是有点害怕没有书可读，但我也不会对爸爸生气。不过，最后问题解决了，爸爸在大人的书里找到了《七个小澳大利亚人》，然后我们就开始读它。

这是我读过最"大孩子"的故事。有一个角色已经十六岁了呢！这本书让我的入睡时间越来越晚，因为我想多读一些。

就在小说快结束的地方，我们读到很悲伤的部分，我吓得尖叫了起来，妈妈闻声跑过来对爸爸大喊大叫，因为这本书"超过我的年龄了""太悲伤了"。我把她吓坏了，害她这么累还要跑过来。

就这样，爸爸再也不被允许给我读小说了。第二天晚上，他只能给我读一些图画书——而且是还不是那种好的图画书。好的图画书老少皆宜，内涵比大多数小说都丰富——而是那种关于毛茸茸的羊和微笑的小宝宝的图画书，它们能帮我很快入睡。

但我只想看完《七个小澳大利亚人》。

直到我能自己读书，我才读完《七个小澳大利亚人》。

即使是那时，我也是偷偷读完的，因为要是妈妈知道了一定会抓狂。自己读这本书的时候，感觉它更好看了，此后每一次读，我都觉得它更棒了。

这是我最喜欢的书。我太常翻阅它了，书页上干了的泪痕让书角皱巴巴的，甚至卷了起来。

但是商店里的乔丽夫人对爸爸说，她不再读书了。她说自己倒是想读，但是她看着书店里的大人的书总觉得过于严肃、冗长和悲伤。

她说自己还是小女孩的时候，非常喜欢读书，但长大以后，真实的生活变得严肃、冗长和悲伤，就像书里写的那样，所以她开始看电视，因为电视里播放的内容轻松多了。

爸爸说，也许她可以再倒回去读读儿童书，然后他们都笑了，因为爸爸其实是在开玩笑。但是乔丽夫人看了看我，她微笑着点点头，说道："我觉得真的可以，不过不要关于龙和小精灵的，我年纪太大，看不了那些。"

我知道自己应该先给她诺尼姨妈的书，但是诺尼姨妈的书里有龙和小精灵，还有很多魔法。我知道她会喜欢《七个小澳大利亚人》。

尽管里面有悲伤，但不全是悲伤，而且这悲伤并不让人感到绝望。

这就是孩子的特点，至少在书里是这样。

他们还有希望。

他们总是有希望。

我其实不想把这本书送人。这是我拥有过的最好的东西。但是失去这本书带来的痛苦恰恰意味着我做了一件非常正确的事情。

我尽力不去想象她喜欢这本书我会有多开心。

我希望书中的折痕部分不会让她太难过。

而且我希望她的孩子们——查理和托马斯，他们正在上高中，打橄榄球，而且很吵——能稍微安静一会儿，这样她就有时间阅读这本书了。我希望他们不要太依赖她，这样她可以有一点自己的时间。

我得精心谋划如何把书留下，这样她就不会知道书是我给的了。

我和爸爸去商店买合适的面包——学校允许吃的那种，全素、有机、非转基因的，富含传统的谷物、梨和葡萄干，没有不健康的东西——我想是因为爸爸在学习健康饮食的知识。

当爸爸和乔丽夫人谈论查理的橄榄球赛的时候，我偷偷从背包里拿出那本用两个棕色牛皮纸袋包着的书，把它滑到收银台的边上。我知道乔丽夫人会在下班盘点时看到它。我觉得这招太机灵了。

我希望她喜欢这本书。

我希望她喜欢朱迪。她是我最喜欢的人物。在我的梦里，有时候我希望自己就是她。

我希望乔丽夫人不要哭得太厉害。我希望她能读更多的书，当她读完这本书后，也能做个好梦。

在商店外面，我看到阿斯姆在马路对面，坐在一张长椅上，和一个男孩子一起吃冰激凌。她笑起来的时候仿佛整片天空都在闪烁。我想象有一天，她会希望成为我的朋友，而且她也会这样和我一起大笑。

我闭上眼睛，试图听到我的笑声。

可惜，我能听见的只有噪声。

当我睁开眼睛，看见弗林和安纳利斯一起走进了牛奶吧。我知道自己的脑海里将永远只有噪声。

第八章　我六年半的朋友

　　周一，美好而正确的事：我没有告诉老师英迪格·迈克尔做了什么。

　　英迪格·迈克尔和我成为同学至今已经六年半了。她没在本地上过幼儿园。她是上一年级之前从某个地方搬来的。不过只有她和她的妈妈，没有爸爸。人们时常会议论这件事情，我记得我曾为她感到难过，因为我有爸爸，我不知道如果没有爸爸我该怎么办。我也有妈妈，那时我拥有一切，因此我为英迪格感到惋惜，我觉得她看起来似乎拥有的不太多。

　　镇上的女人们会谈论起英迪格的妈妈，我听到过她们的谈话，因为我特别安静。有时，当你特别安静的时候，人们就会完全忘记你的存在。

而且那时候我不觉得偷听是很糟糕的事。那时候妈妈还没有离开我们，我还不用每天做那些美好而正确的事。

那时，我仍是个好女孩。除了偶尔会多拿一块巧克力饼干，或是在该打扫房间的时候溜号去读书。而且我从不会去打搅正在看杂志的妈妈。嗯，除了十分紧急的时候。当然，在她手里有酒瓶的时候我也绝不会打搅她。

当只有我和妈妈待在超市或咖啡馆的时候，我总是很安静，因为那是属于她的"私人时间"，尽管我也在那儿。

在她享受属于她的"私人时间"时，我就竖起耳朵听周围的声音。

"她很引人注目，你知道的。不是我多事，她可不是我们这种小镇会出现的人。反正我们这个街道肯定没有过这种人。"

"她和她女儿的姓氏不一样，你们注意到了吗？她女儿姓迈克尔，她姓洛佩兹。那孩子的爸爸……"

"我看到过她抽烟，甚至还当着孩子的面抽烟。这可不对。"

"那小女孩腿上有淤青，你看到了吗？小女孩在很冷的下雨天都穿着短裤。她该穿长裤的，她腿上有块淤青。"

"她们要去信天翁学校，真是可惜。那是一所很好的学校。我希望那孩子不会捣乱。"

"我隔着窗户听到那个母亲对那个小女孩大喊大叫，那个小女孩也吼了回去。我希望她可别是一个不省心的女孩。"

"也许她们会从哪儿来的再回哪儿去。"

"我在酒吧看到过那个妈妈。她穿着一条青少年才会穿的裙子。那时候谁在照看那个小女孩呢？"

"我希望那个小女孩不会带坏其他孩子。"

"她要去信天翁学校。那学校可不需要像她这样的孩子。

"捣乱的、没规矩的、惹麻烦的……"

像她这样的孩子。

这些悄悄话是对的——英迪格·迈克尔一直都是一个捣乱的、没规矩的、惹麻烦的孩子。

嗯，严格来说，其实她一开始不是这样的。最开始几天不是。最开始那几天，她和我一样，都是安安静静的，我以为她是一个特别乖巧的人，尽管镇上的女士们都那么爱嚼舌根；尽管她的红头发都打结了，好几天都穿着同一件脏兮兮的连帽衫，鞋子的脚趾处已经破了洞。尽管如此，英迪格安静又有礼貌，当我对她微笑的时候，她总会以微笑回应。

爸爸总说，我们不能听别人怎么评价一个人，而是得有自己的观点。

我的观点是，英迪格有善良的眼睛和快乐的嘴巴。我喜欢她那有卡车图案的铅笔盒，尽管铅笔盒的拉链坏了。其他女孩都没有卡车图案的铅笔盒。我喜欢她坐得笔直，尽管老师没有要求我们必须坐直。我觉得她踢足球比男孩们踢得都好。她又高大又强壮，而且她是那么自信。在我们的即兴戏剧课上，她被安排扮演一个巨人，她似乎并不介意。她不介意自己很高大，她就是这样，她接受自己的样子。

而且她很安静，像我一样。她就像我。

镇上的女士们都搞错了。她不是捣乱的、没规矩的、惹麻烦的孩子。

她就是她自己，和任何人都不一样。

直到她表现出那些性格。

直到她听到米拉告诉安纳利斯，米拉妈妈说英迪格的妈妈是垃圾。

直到她听到男孩们叫她希尔罗金。（我们在学校里刚学过北欧神话，希尔罗金是骑着狼的女巨人。那些男孩自以为很聪明，其实很残忍。）

直到她听到格里芬夫人说她"有点迟钝"。

从此，英迪格·迈克尔变成了捣乱分子。

她对着安纳利斯尖叫，抓住她的头发——尽管那话是米拉说的。当英迪格发现我在看她的时候，她对我大喊道："你看什么看！"她得到了整整一周的"受教育的时刻"，而且我知道学校还叫她妈妈过来了。

英迪格在校长办公室门口等她妈妈来。

但她妈妈没有来。

我看到她哭了，她向我尖叫道："你又在看什么呢！"

现在，英迪格会在书桌上涂鸦，她开始骂人，踢东西，把口香糖粘在墙上。她把胶水放进安纳利斯的背包里，还偷走弗林的土豆馅饼，把它砸在米拉头上，而且她经常尖叫。

她是一个捣乱分子。

而且她很讨厌我。因为我很安静。因为我不像她。

今天我看到她在墙上写字。她在写"阿斯特是个疯子"。

她这么写的原因是她看到我待在树洞里读书，当她问我在干什么的时候，我告诉她我在和狼群一起奔跑。

这听起来就很蠢。

她和我说话的时候，我有点措手不及。我的嘴在大脑想出安全的回答前就说话了。

她让我读一些书上的内容给她听，但我做不到，因为我的嗓子关闭起来了，舌头也变大了，什么话都没法说。这惹得她十分生气，她说我一定是个疯子，然后她就在墙上写了起来。

我看着她写字，她写得很慢，有时候会写错字，然后用袖子把写错的字擦掉，这个过程中她一直在紧咬牙关。

她写完了，可还是没写对。

阿斯塔是个风子。

她歪着头看着这行字，眉头紧锁，我看出她觉得有哪里不对劲，但她不知道哪里不对。

我希望我能向她指出哪里不对，怎么改好。

可我只是静静地看着她走开了。

米尔本夫人问是否有人看到是谁写的，我什么都没有说。

之后，我不假思索地跑到玫瑰丛里找蜀葵。我把蜀葵抱在怀里，紧紧地抱着，她既没有扭动也没有抱怨，我哭了。

我哭得眼睛都酸了，衬衣的领子也湿了，空气里弥漫着我的眼泪的水汽。

我甚至说不清楚为什么要哭，除了这件事不太公平以外，我的心里充满了各种复杂的情绪：

喧嚣、嘈杂。

不知什么时候，在我哭的时候，一个人走了过来，坐在我身边。

他用一只胳膊搂住我和蜀葵，紧紧抱住我们。

他什么都没说，只是抱着我们。我哭着，蜀葵睡着了，最终，我止住了哭泣。

然后我说了声"谢谢"。

他是那个男孩，他说自己叫泽维尔。

第九章　学校就是家，家就是学校

　　周二，美好而正确的事：我接受了泽维尔给我的纸杯蛋糕，因为他说如果我能吃了它，他会很高兴。尽管我不想要，而且这违反了大约十七条校规（里面有坚果和纯黑巧克力，上面还有不是用椰糖增甜的糖果）。它尝起来像夏天的味道。

　　在经历了男孩和纸杯蛋糕事件之后，我本不打算再去那个玫瑰花丛了。

　　因为……因为纸杯蛋糕太好吃了，拥抱的感觉也太棒了，和那个男孩一起坐在那里感觉也特别好……可这一切让我感觉很不安。

但是图书馆因为水管爆裂闭馆了，我在图书馆整理书的任务也取消了。安纳利斯和她的朋友们坐在我常待的树下面，一起编织着友谊手环，有时候还会起来跳一段整齐划一的舞蹈。

英迪格·迈克尔则绕在校园里气冲冲地走来走去，仿佛她想把一切烧掉一样。

她很讨厌我。

我有点害怕，所以我跑了。

我跑到了玫瑰花丛下面，因为我不知道除了这儿，我还能去哪里。我猜那个男孩不会还在那里。他为什么连着两天待在那里呢？完全没有道理。他现在应该在上学了吧，上次吃纸杯蛋糕的时候，他看起来不像生病的样子，所以大概他身体已经恢复了。要是他好一点了，他妈妈一定会送他去学校的。当然，即使他没有去上学，他也不可能再到玫瑰花丛这里来。

他不会想再见到我。

他不会想见到那个满脸湿漉漉、红着双眼吸着鼻涕的女孩，眼泪流得他衣服上到处都是，然后什么都不说就跑了。

他肯定不想再来一遍。

这样挺好的，因为我可不想让他来。

毫无疑问。

即使被他拥抱的感觉很好。

我到那儿的时候，蜀葵也在那里，但是她忙着吃草，似乎很享受独处，我能理解她，所以我没有打搅她，自己静静地读书。就在我渐渐沉浸到故事里时，他开口了："那个看起来不错。"

"是的，"我说，"这是关于一位勇士女王的故事。"

这是令人震惊的一刻，我的嘴巴张开了，词句从我嘴里蹦了出来，就仿佛这是一件非常轻松的事——完全地出人意料。但泽维尔没骂我，他坐下来说："你介意我打搅你吗？"

我说："不会。"尽管我不是很确定。他肯定注意到了我的犹豫，因为他笑着说："你不一定要同意的。但是如果你同意，我会给你一个纸杯蛋糕。"

他满怀期待地看着我。他那满怀期待的样子，好像如果我说不，他就会很伤心。这很奇怪，因为他居然在乎我的反应。但我不想让他伤心，所以我说："好的。"

然后他安心坐下了。

他给了我一个纸杯蛋糕。

我吃了这个蛋糕。

他也吃了他的蛋糕，我们没有说话，只是安静地吃着。

他吃完的时候，下巴上沾了些糖，是橙色的，看起来像是一小撮橙色的胡子，就像是动画片里的精灵。

这把我逗笑了。我好久没有大笑过了——我的大脑里全是轻松的感觉。

泽维尔也笑了。我们的笑声仿佛回荡在整个天空之下，我敢肯定学校里每个人都能听见我们的声音。也许很快米尔本夫人就会走到玫瑰花丛边上，来调查这吵吵闹闹的情况。

但她没来。

别人也没来。

也许他们都在担心图书馆爆裂的水管，或是在编织友情手环，或是被可怕的英迪格·迈克尔吸引了注意力。

我们笑了很久才停下来。等我们终于笑够了，泽维尔问："你在笑什么呢？"这话又逗得我大笑了起来，因为他连笑什么都不知道就笑得停不下来。

"你的下巴。"我终于喘过气说。

他微笑着说："哦，我知道，这是一种造型。"他弯曲着手指把"胡子"抹下来擦在了草地上。

我脱口而出："你病了吗？"尽管这时候问这个有点不合适，但是我实在太好奇了，顾不上那么多。"你没上学。"我补充道，这样就不显得那么奇怪了。

"我在上学，"他回答道，"我只是在休息。"

"是课间休息？但是这里没有其他适龄的学校了，"我反驳道，"圣休伯特在小镇的另一边，你肯定不在我们这里上学，对吗？"

他摇了摇头。这让我松了一口气，万一他真在我们学校上学，就会显得我又疯又无礼。

"学校就是家，家就是学校。"他检查了一下手指上有没有糖霜，然后又说，"我在家上学呢。"

"但为什么呢？你家离学校这么近！难道因为我们学校是一所古怪的嬉皮士[1]学校吗？你妈妈不想让你去一所奇怪的学校？"

"我就知道我放进纸杯蛋糕里的好奇药剂对你有用！"泽维尔说。然后他又笑了，这时我才知道他在开玩笑。

因为他说得对，我有点多管闲事，我变成了一个话匣子，我变得很奇怪，完全不是平时的样子。我一点也不紧张，也不害羞，就像有什么神奇的事情发生了。

我以为他笑完了会回答我的问题，但是他什么都没说。所以我想我可能问得太冒昧了，尽管他笑了。

---

[1] 嬉皮士指西方国家 20 世纪 60 年代至 70 年代时反抗习俗、政治、阶级价值观等的年轻人。

于是我说："对不起。"

他说："为什么说'对不起'呢？我妈妈说除非你真的做了严重的错事，而你真的觉得特别抱歉，不然你不该道歉。"

"我一直觉得很内疚。这就是我做那些美好而正确的事的原因。"

我说完以后，倒吸了一口凉气，赶紧捂住嘴，以防说出更多我发誓永远不会说出来的秘密。

以防我内心的另一部分迸出来，变成外在的东西。

我几乎能看见它。

在空气中。

我的秘密。

它在我和泽维尔之间飘浮，在他长满雀斑的长鼻子、淡蓝偏灰的像将下雨的天空般的眼睛，以及小麦色的头发之间。

我的秘密参差不齐，尖尖的，皱着眉头。

秘密把笑声都赶走了。

我确信泽维尔也能看见我的秘密，看到它的可怕之处。

我确信他会逃离这些秘密，躲到一个更令人安心的地方去。

但他只是呼出一口气，说："哦。我也要做美好而正确的事。"

"你之前没有回答我。"在一阵漫长的沉默之后，我终于说道。

他挑起了一道眉毛。

"我问你是不是生病了的时候，"我解释说，"你直接转移了话题。"

"真敏锐。"他喃喃地说。然后，他的脸色变得阴沉起来。"我没生病。"他沉着脸对我说，"有时候，我的大脑不想合作，仅此而已。"

"我也是。"我告诉他。

他耸了耸肩，然后又说了一遍："仅此而已。"

第十章　爸爸脆弱的一面

周三，美好而正确的事：今晚，爸爸在哭。我假装什么都没听见，假装所有的事情都好好的。

今天早些时候，我做了件小小的美好而正确的事。我把格里芬夫人的眼镜放在了电脑上方的架子上，因为她把眼镜忘在柜台上了。任何男孩或者英迪格都能轻易地发现眼镜，天知道他们会拿来做什么。

我们也许是一所嬉皮士学校，但是男孩子们有时还是会做一些淘气的事。老师们会让他们假装自己是一棵树，画出当时的感受，或是弹奏班戈鼓，可是这些都不能阻止男孩子们淘气。实际上，这可能还会让他们更来劲。

英迪格·迈克尔一向淘气，肯定不能让她看见无人看管的眼镜。

我原以为这会博得格里芬夫人一笑。

可这根本没让她笑。

没有什么能让格里芬夫人笑起来。

实际上，我的行为让她很生气，因为她希望她的眼镜能一直在柜台上，这样在找书的时候她一抬手就能戴上。要是眼镜不在那里，她怎么看条形码，怎么看书名，怎么分辨哪个学生逾期不还书呢？

把眼镜放在架子上的人是在帮倒忙。

把眼镜放在架子上的人是故意要惹恼她。

把眼镜放在架子上的人让她一天都不痛快！

她说这些话的时候，我感觉很糟糕。后来她又把眼镜放回柜台，可米拉是比男孩，甚至比英迪格还淘气的孩子，而且还很擅长不被逮住。她把眼镜拿走，放到了科学区后面的生物骨架上。

那一副骨架叫阿尔伯特，它戴上格里芬夫人的眼镜之后的样子一言难尽，大家都笑了。我试图憋住笑，但我还是笑出了一点点声音。

我为自己的笑感到非常内疚。

也为我做的美好而正确的事没有起到好的效果而内疚。

但后来我发现，在格里芬夫人因为找不到眼镜而咆哮的时候，英迪格·迈克尔离开了图书馆，而格里芬夫人放在柜台上的红笔不见了。我意识到假如我没有动眼镜，英迪格就会拿走它。当时英迪格正在找有什么东西可以偷，丢眼镜可比丢笔糟糕多了，那只是一支廉价的批量购买的笔而已。

于是我觉得这件美好而正确的事还是作数的。

而且因为格里芬夫人对此一无所知，所以这件美好而正确的事算是做得很可以的。

她最后在阿尔伯特身上找到了眼镜。于是她又高声嚷嚷，把所有人都赶出了图书馆。但她把我拉了回来，因为她心情不太好。她明知我使用清洁喷剂会让手指变红，却还让我用它去喷还回来的教科书封面。

这似乎会让她好受一些。

因为被留下，我没能去看蜀葵，也没能见到泽维尔。我告诉自己也许他不会来，因为我不值一提，那几次他只是客气一下。他肯定不会再来了，永远不会。

我努力让自己不为此难过。我试图让自己安心些，因为我已经完成了美好而正确的事。

那不过只是一件小小的美好而正确的事，我对自己说，如果做了更大的美好而正确的事，才是今天真正的美好而正确的事。

我到家的时候，在路边上看到了爸爸的车，我很惊讶。一般情况下，周三我到家的时候诺尼姨妈已经在家了。我们会一起吃膨化食品，看吉卜力的电影，直到我晚上回房休息。今天她那辆贴着粉色小花贴纸的黄色小轿车不在路边，但是爸爸的大蓝车在。

我走进屋里的时候，他不在厨房，不在后院，也不在书房。走进书房前我像往常一样敲了敲门，尽管爸爸说过我不用敲。

我有点害怕，因为我最近在读有点恐怖的小说，小说里有吓人的幽灵和吸血鬼。我十一岁了，当然也知道幽灵和吸血鬼都不是真的，毋庸置疑。但我脖子上还是无法控制地起了鸡皮疙瘩。

我也有点担心是妈妈回来了。因为她在家的时候，家里就会有不对劲的感觉。

我非常缓慢地爬上楼梯，避开那级总是嘎吱作响的台阶——妈妈在的时候我一踩上去她就会大喊大叫。我在走廊的地毯上走的时候，想象自己正穿着芭蕾舞鞋，尽管这样并不能减轻动静，因为我的皮靴总是嘎吱作响。

爸爸房间的门是关着的，可是爸爸之前从来不关门。

我耳朵都不用贴到门上就能听到哭泣的声音。

我脚不沾地地飞奔到了一楼。

几分钟后爸爸也下楼了。他的眼睛和我的手一样红，但是他在微笑，就是那种看起来很僵硬的假笑。他说："花瓣，我都没听到你进来了，你是提早回来了吗？"

我没有提早回家，但我还是说："是的，我早了。"

"你想吃个三明治吗？"

我不想吃，但还是说了我想吃。

"你今天怎么样啊？"

我说今天挺好的，这不算有些时候撒的那些谎，因为除了格里芬夫人的事情以外，今天过得大体还行。

我不确定爸爸是不是知道我听到了他在哭。

我什么也没说。

我觉得这样做是正确的。他的眼睛渐渐恢复了正常，微笑也渐渐变得更真实了。我们吃了三明治，他给我讲了工作上的事，还讲了一个叫罗曼的淘气男孩。我给他看了我的一些作业，我们晚餐吃的是意大利面。爸爸吃得衬衫上到处都是，就像他平常那样，感觉一切又恢复了常态。

我们的新常态。我一直以为这种常态比以前好很多，直到我听到爸爸的哭泣。

第十一章　很高兴有我在

周四，美好而正确的事：我整个午休时间都和泽维尔坐在一起，听他说话，尽管我本该去图书馆值日。我知道明天我可能会得到一个"受教育的时刻"，但没关系，他需要有人听他倾诉。

今天早晨在学校很难熬。

我很早就到了教室，我很讨厌这样，因为这意味着要和其他早到的人独处，而这总是很可怕。但是爸爸给我的电子手表换了电池，他重新设置时间的时候把表调快了，我不想告诉他这个错误，因为他已经伤心过一次了，我不想让他讨厌自己。

　　我不知道怎么把时间调准时——爸爸教过我，但是按钮也实在太多了，有一个按钮我一碰就对我愤怒地哔哔作响。

　　总之，今天早上我忘了手表被调快了，忘了时间压根不准确。所以我起得很早，早早吃早餐，早早去学校，早早到教室，而我根本没注意到这些，因为我在读一本关于时间旅行者的书。仔细想想，都说得通。

　　但说得通不等于是好事。

　　更糟糕的是，英迪格·迈克尔卷了进来。因为她也早到了，英迪格·迈克尔从来不会为任何事情早到。她提早到达，这很不合理。

　　教室最左边的角落里，她坐在惯常用的书桌前，抠着书桌边缘上松动的木头。她抠得非常专注，也可能是在专注思考，或是两者兼有——以至于她根本没有注意到我已经进来好一阵子了。

　　我忘了人生不是总能一帆风顺的，至少对我来说是这样。我以为我只要安静地坐在那里读书，等其他同学都进来就会没事了。

　　我知道如果我转身离开，她反倒会注意到我，然后会叫我怪胎，也许还会朝我丢东西。

　　我知道我必须留下来。

我以为我安静点就会没事。

但谁叫我就是这么倒霉，她最终还是抬起头，看到了我。

其实，我并没发现她看到了我，因为我当时面朝另一边，我只是感觉到了她看向我的目光，就像一滴冰冷的水滴掉在了我脖子上，然后我听到了一个刺耳的词——疯子。

我什么都没说。

我什么都说不出来。

然后她吐出更多刺耳的词。

我企图在椅子上蜷缩起来，但我没法从那些字眼里躲开，因为这些字眼都冲击力太大了，牙尖爪利的。又一句话接踵而来："为什么你不说话？为什么你这么奇怪？"

我把书举高了一些，像一个盾牌，但书上的内容已一片模糊。

"别告诉任何人我比你还早，"英迪格·迈克尔低声说，"否则我会让你好看，我说到做到，我绝对会让你好看！"

我的呼吸停止了。我的心跳停止了。时间停止了。

这时，弗林走了进来，时间又开始流动。但是太热了，我的脸颊滚烫，我的心剧烈跳动，我的手像握着烧红的煤块。当他对我微笑时，我的身体充斥着热量，快要把房间烧

起来了。

我即将要对弗林报以微笑时，安纳利斯走了进来，替我回应了这个微笑。弗林脸上的笑容更加灿烂了，他挥了挥手，安纳利斯来到他边上坐下，房间瞬间变得冰冷，地板似乎幻化成了愤怒的江海，我直直地掉进了深渊。

我原本打算在去图书馆值日的路上快速地见一下蜀葵，但是他在那里，在围栏边，盘腿而坐，面容开朗，向我招手。

泽维尔。

而且他穿的是睡衣，我还没来得及问"为什么"——这几个字眼几乎要脱口而出了——只听他说："我今天没法穿上衣服。有时候会这样。但我给你做了饼干。坐吧。"

我坐了下来。

"我想你喜欢黄油甜酥饼干吧？"

我点点头。

"我在上面放了樱桃之类的东西。不是真的樱桃，我想是用芜菁做的，但尝起来不错。"

我的黄油甜酥饼干上有一颗绿色的樱桃，所以我知道那肯定不是真的樱桃。

"我真高兴你今天来了，"泽维尔说，"我需要跟人说说话。"

"聊什么呢？"我问。我很容易就问出了这句话，因为泽维尔穿着睡衣，还给我带了黄油甜酥饼干。就算他穿着普通的衣服，不带饼干，我觉得自己也能问出口。

因为泽维尔不会让我感到害怕。这是一种很奇怪的感觉。我的大脑不知道应该怎么办。

我仍在等待沥青路上的洞，仍在等待被绊倒。

"所有的事情，"泽维尔说，"我妈妈说我可以和她谈，但我想和你谈，如果你不介意的话。"

我想到了格里芬夫人，她还在图书馆等我。卡纳维尔人外出参加一个大型会议，只剩下我和格里芬夫人，那一点也不好玩。我知道她总有很多事要我做，空气中充满了她的怒气。

我也知道，她安排的工作没有一件是要紧的，卡纳维尔夫人说过，这些工作今天甚至这周没做完也没事。

我知道图书馆会很安静，因为今天是一个晴天，大家都喜欢在外面闲逛。

我知道我还是会惹上麻烦。

但我也看到泽维尔那双暴风雨即将降临的眼睛里充满了痛苦，他的嘴唇紧闭，身上穿着亮蓝色的睡衣，看起来特别

瘦小。

他说他很高兴我在这里。

他说他希望和我说话。

和我。

"我不介意,"我说,"当然,我不介意。"

第十二章　舞蹈的魔法

周五，美好而正确的事：我和诺尼姨妈跳舞了。我平时不跳舞。

爸爸说我从小就喜欢跳舞。他说我刚会走就会跳舞了。我会跟着各种音乐跳舞——主流电台的四十首热门歌曲、另类音乐电台里的小众音乐、节日的颂歌、街头艺人的歌曲、图书馆的合唱，等等。乡村音乐是我的最爱，威利·尼尔森是我的偶像，我想成为多利·佩顿。

我不怎么喜欢麦当娜。

我稍微大一点就被妈妈送去学习芭蕾舞了。我听她对诺尼姨妈说，她这么做是为了让我的舞姿不那么笨拙。在那之

前，我都不知道我跳舞很笨拙。

我之前根本没怎么想过我的舞姿看起来怎么样，我只在乎跳舞的感觉，那种感觉就像身体闪烁着耀眼的光芒。

妈妈说完后，诺尼姨妈对她说了句脏话，从此她们多年都没有说过话。当然，诺尼姨妈还是会和我说话的。

我想妈妈也是喜欢让我上芭蕾课的，因为她可以坐在给成年人的椅子上玩手机而不必参与其中，妈妈讨厌参与。

其他妈妈和爸爸大多会观看，但我不介意妈妈没在看我，因为这样能让我在跳舞的时候再次充满闪耀的光芒，而且不用担心会尴尬。

我爱舞蹈。

我知道我不如有些男孩女孩们跳得好。我不能劈叉，不能像波莉·辛格一样把腿抬得那么高，也不像查理那样跳得那么高。查理当时既跳芭蕾又踢足球。但当我跳舞的时候，我感觉全世界都消失了，只有我、音乐和光。我特别开心。我知道妈妈没有看我，也知道其他男孩女孩在担心自己的腿有没有抬到位，而无暇顾及我是不是跳得很完美。而且哈斯勒老师通常也让我自由发挥。

我觉得她认为我永远不会成为一个了不起的芭蕾舞蹈家，但我跳得很开心，也很享受其中。正如她常说的，这才是"最重要的"。

我们第一年学习结束的时候，有一场汇报演出。爸爸妈妈必须来观看，不然其他家长会生气的。

爸爸请了一下午假过来，诺尼姨妈也来了。我听到妈妈对爸爸说，两个人来就够了，她可以待在家里洗个泡泡澡，或者看看电影，或者做些"孩子在的时候无法做的事"。爸爸说她不想来就不必过来。

我很高兴。

音乐会很棒。

我跳得没有查理高，也不像波莉·辛格那样做旋转动作时有人喝彩，但我穿着一条特别的蓝色芭蕾舞裙，脸上贴着亮片，脚上穿着饰有缎带的蓝色舞鞋。我觉得自己像有魔法一样。

表演结束的时候，我在人群里找爸爸和诺尼姨妈，当我看到她的时候，我的心脏都快要停止了跳动。

——是妈妈。

她一开始没有看到我，所以她不知道她不应该说那些话。

"她没救了。"

"你们没看到她膝盖都打不直吗？"

"别的孩子做阿拉贝斯克动作[1]的时候，她就那样单腿站着。"

"我以后可不会为这些课程付钱了。这都是浪费钱。这都是……"

"艾薇！"

最后这句话是诺尼姨妈喊的。

妈妈愣住了。她转过身，脸上挂着微笑，但那是一个僵硬的微笑。

生硬。

冰冷。

然后她说："亲爱的！你跳得真棒！"

她的谎言本不应该让我在意，因为我理应仍然沉浸在魔法和音乐中，但我没有。

她把这些都破坏了。

"是不是很惊喜？"她说，"我来了！我真是特别高兴能在这里！你是不是很高兴见到我？"

我像她一样说谎，回答了这个问题。

后来，爸爸说我可以继续去上舞蹈课，但是那时魔法已经永久消失了。

---

[1] 这是芭蕾舞的专业术语，是一条腿站立，另一条腿向后伸展的芭蕾舞姿势。

我现在不跳舞了。

在学校待了一天后，当安纳利斯告诉每个人弗林会去她家的度假小屋小住；当我经受过格里芬夫人的滔天怒火——尽管卡纳维尔夫人阻止了她——我尤其不想跳舞。

这天，泽维尔也不在那里。

不过他留了一张纸条，别在蜀葵的项圈上。

　　我要去见那个有透视眼的家伙，到那儿去检查我那不合作的大脑。既悲惨，又无聊。然后整个周末我妈妈都会带我去做"开心的事情"，来弥补我接受检查的糟糕心情和我的大脑。"开心的事情"也不会让我开心，我只希望和你在一起。和你聊天很有趣。周一见。

泽维尔跟我说过那个有透视眼的家伙。他每十四天去见那家伙一次，如果他的大脑不配合，他就会去得更频繁。泽维尔必须坐在一把大大的、棕色的椅子里，告诉那个家伙所有的事情，就像跟我聊天时一样。他被允许一边说话，一边抱着一个软乎乎的球，吃五颗薄荷糖。

泽维尔说那家伙经常说"嗯"或是"那让你感觉怎么

样"，然后把所有的事情都写下来。他把泽维尔混乱的思绪梳理清楚，并且写得有条有理。

对我来说，这听上去一点也不糟糕——有一个人能倾听你说话，还试图弄清你的想法，企图去理解你——但泽维尔说这是最糟糕的。我希望泽维尔这次不会感觉太糟糕。我希望他周一真的会回来看我。

放学后，诺尼姨妈在厨房里吃膨化食品，她在放辣妹组合的老歌。

我不想跳舞。

可我今天还没有完成美好而正确的事情呢！我很恐慌，而且我知道跳舞只需要一小会儿，看到我跳舞会让诺尼姨妈开心，让她觉得我没事。

我跳舞了。我知道动作，是诺尼姨妈教我的。

但我只是身体在跳舞。

内心没有魔法。

她问我最喜欢辣妹组合里的哪个成员。我告诉她，我最喜欢脾气暴躁的那个，她笑了。

"她们组合刚出道的时候我喜欢那个'疯辣妹'，"她告诉我，"但现在，我也最喜欢脾气暴躁的那个。她最好的一点是，她的内心在笑。"

　　我看了看电视上那个全身黑衣、四肢纤细、眉宇犀利、脾气暴躁的女孩——我意识到诺尼姨妈是对的。

　　我能从她眼睛里看到隐藏在皱眉背后的笑容。

　　然后我想："就算是她们，就算是名人，就算是辣妹组合，每个人都掩藏着一些不想展示的事。"

第十三章　心里的噪声从此而起

周六，美好而正确的事：

我今天一件美好而正确的事也没做。在有的日子里，我就是做不到。

在有的日子里，我需要躲起来。

在有的日子里，就连想到要离开房间都让我难以承受，离开家就更难以想象了。

起来冲个澡都几乎会耗尽我全部的体力，连给自己做个三明治也是一个我无法企及的目标。

我没法在这些想躲起来的日子里做美好而正确的事。在这些日子里，我脑海里的噪声达到了高潮，我脑壳里的每一寸都充斥着咬人的小动物，它们会从我的脑壳里爬出来，在我身上四处游走。它们占据我的肺，让我呼吸急促。它们占据我的胃，让我的胃不停搅和。它们甚至占据我的指尖，让我的指尖震动、颤抖。

它们接管我的一切，相应的，我把自己拥有的一切都给了它们。它们拿走了一切，没有什么留给我的了。我什么都没有了。

在躲起来的日子里，我会在门下塞一张纸条，上面画着一些石楠花。那是我和爸爸之间专属的密码。

要知道，花也是一种语言。每种花都有自己的意思，而石楠花意味着独处。

我在一张纸上画石楠花，然后从门缝里塞出去，当爸爸上楼叫我起床的时候，看到石楠花他就会明白。

爸爸知道这种感觉——有时会觉得这个世界太可怕了。爸爸把这种感觉叫作"忧郁"，而我叫它"噪声"。

这不是悲伤，也不是爸爸说的有时候他会感到的麻木。这种感觉开始像一种逐渐蔓延的恐惧，一种如雨后春笋般生长的恐惧，一种特大的海啸。

随后，噪声来了，怪物来了，它们霸占了一切。

唯一让一切恢复正常的办法就是画石楠花，把自己蜷成

小小一团，待在角落里坐很长时间。

有的时候，我会哭出来。

有的时候，我会用手掌拍打我的膝盖，一遍又一遍。

有的时候，我盯着房间里的小镜子，大声喊出那些令人愤怒的话语，这些话语伤害了我的感情，但有时候把话都说出来也是很有帮助的，就像把醋从瓶子里倒出来一样。

有的时候，我只是非常安静地坐着，等情况好转。

有的时候，这需要一个小时；有的时候，则需要一整天。如果需要一整天，爸爸会取消我们所有的计划，告诉诺尼姨妈不用来了，然后待在家里读书、批改作业，直到我恢复正常。

爸爸会把食物放在走廊上，然后从门下塞一张他自己画的纸条，上面画一朵海神花，海神花的花语是勇气。他知道，我需要很多勇气才能让噪声安静一点。

我会等到听不到他的脚步声了才开门取食物。我知道自己必须吃点东西，不然爸爸会担心我的。

尽管他是我最爱的人，也是最让我感觉到安全的人，我还是会等他离开才开门。石楠花意味着独处，而独处是让内心的噪声安静下来的有效方式。

这一切是从外婆过世后开始的。那时我五岁。外婆才六十岁，每个人都以为外公会先过世，因为外公已经快八十岁了。

外公是一个画家。外婆年轻的时候，外公经常以外婆为模特给她作画。外婆最先爱上了他的双手，而他爱上了外婆肩膀上的雀斑。外公说那些雀斑看起来像仙女在那里跳舞留下的印迹。

一个周六，外婆和外公一起来看我，给我带来了很小的姜饼人，就像蝌蚪那么大。她和我一起坐在花园里，给我讲巨人和老鼠的故事。

第二天，我起床的时候听到妈妈在哭，爸爸想抱住她并安慰她，但是被她推开，电话被搁置在厨房桌子上。

我能听见电话里的拨号音，像是一声低沉的尖叫。

诺尼姨妈也在。她穿着睡衣，也在哭，但她擦干了眼泪，走到我旁边抱住了我。她告诉我外婆去世了。

是她的大脑。那个编出巨人和老鼠的故事的大脑。它背叛了她。

她当时在厨房里洗碗，正在谈论关于制作有机肥的事情，然后她就……

倒下……

了……

我走向妈妈，她也把我推开了，她推得很用力，我摔在了地上。爸爸对她发起脾气来，每个人都喊了起来。

我不知道怎么让一切变好。

我回到自己的房间，缩成一团，直到楼下的喊叫声停止，直到我脑海里的喊叫声也停止。我脑海里的喊叫持续了更长的时间。最后，爸爸和诺尼姨妈来找我，他们抱住我，让我感觉好了一些。

两个月后，外公也过世了。是他的心脏背叛了他。

这一次，噪声更加肆无忌惮了。我的心感觉要崩溃了。

我的肺支离破碎，我的肚子里好像有条蛇，我的手不断发抖，我无法停止尖叫。爸爸和诺尼姨妈抱着我，也没有让我好转，于是他们带我去了医院。

医生们给我唱歌，用橡胶手套给我做气球，情况才好了一点。

但是再没有完全恢复过。

他们小声和爸爸说应该给我"找人看看"，爸爸说"好的"，但妈妈喊叫了起来，说我什么事都没有。

爸爸捧起我的脸问我："阿斯特，你没事吧？真的没事吗？"我说："没事。"尽管我还是有点难受，我的心还是感觉很不对劲。

但我知道妈妈需要我说"没事"。

我猜，这是我做的第一件"美好而正确的事"，在我甚至不知道那是什么之前。

我越过爸爸温柔、关切的脸，看到妈妈的笑容。她说我是"好女孩"，通常我会感觉特别好，但这次却有点伤心。

她再也没有提起过这件事。在那些噪声震耳欲聋的日子里，当我想念外婆的故事和外公的画时，我什么都没有说。

我把那些话憋在心里，它们让我脸颊鼓鼓的，它们咬着我的舌头，但我仍然只字不提。

我印象里她再也没像那天一样对我笑过。

妈妈离开以后，噪声更严重了，爸爸又开始说该给我"找人看看"，诺尼姨妈也这么说。但我一直觉得妈妈会回来，如果她发现我找人看了，一定会生气的。

我仍然觉得她会回来。有时候，我希望她会回来；有时候，我又害怕她真的会回来。

有些日子还行，有些日子实在太难熬了。

有些日子有原因，有些日子则没有。

我不知道为什么我感觉好，也不知道为什么我感觉糟透了。

我只知道，即使在我感觉还可以的时候，也觉得自己在

屏住呼吸等待着。

等什么呢？

我不知道，我猜也许是在等麦当娜吧。

在那些还可以的日子里，我鼓起双颊，怪物啃噬我的舌头，它们越长越大，直到突然一切变得无法承受。

感觉这将永无休止。

它确实没有停止过。

但是它会变好。

我画石楠花。

爸爸画海神花。

他给我做果酱三明治，为我剥橘子，把所有粉色的糖豆挑出来，因为这是我最喜欢的口味。

这会让我感觉好很多。

一天结束的时候，我走下楼梯，抱抱他，他亲亲我的额头，什么都没说，那就是我需要的东西。

不过，我今天没有做美好而正确的事，这让我很害怕。

第十四章　我的空虚由书排解

周日，美好而正确的事：我今天得做两件美好而正确的事，一件是今天要做的，一件是弥补昨天没做的。所以我陪诺尼姨妈去吃了炸鱼薯条套餐，尽管那个大餐厅很吵。第二件事情是，我送回了一只走失的兔子。

诺尼姨妈早餐后就来了，她给我带了礼物，是从"不止有书"书店买的两本书。一本是关于一个女王同时也是一个小偷的故事，另一本是关于一个孤儿拯救了全世界的故事。我想马上开始读它们。

但我昨天没做美好而正确的事，爸爸看起来有些紧张，他可能需要一些时间冥想，或者至少能独处一会儿。尽管他

说他什么事都没有，真的很想陪我共度一天，但我知道他没说实话。他的眼睛红红的。他不停地揉眼睛，一直盯着通向卧室的楼梯看，好像那是通向魔法世界的入口。

我知道他在担心我的时候没睡好，所以我为那张画着石楠花的纸条加倍感到内疚。

"我特别想吃炸鱼和薯条。"我说。当然，这是一个谎言，我想爸爸也知道这是一个谎言，但他还是让我去了，因为这是打开魔法世界入口的唯一方法。

诺尼姨妈说她非常开心，我的内疚感因此减轻了一点，这种感觉总是很好。

内心的噪声仿佛从砰砰声变成了嗡嗡声。

我们一起沿着北边的露台走。她和我分享了她在青少年中心的一天。她遇到了一个新来的小姑娘，这个小姑娘和我一样大，她在家里遇到了麻烦。诺尼姨妈说这让她感觉特别伤心和无力。她想给那小姑娘多点帮助，但她的老板很难对付。

"我可得多吃点薯条，"她对我说，"好让我心情好一些。也许还要点彩虹冰激凌。"

"那炸鱼呢？"我问她，尽管我听到冰激凌很高兴，因为这意味着我们可能会见到阿斯姆，但我们本来是要吃炸鱼薯条套餐的，不是薯条和冰激凌。但诺尼姨妈说，炸鱼只是个狡猾的幌子，实际是为了吃薯条和冰激凌。

我没告诉诺尼姨妈，吃炸鱼薯条套餐时我最喜欢炸鱼。我知道她会取笑我是马屁精和老古董，我已经从英迪格那里听够了这样的话。

而且，有些日子，我想成为认为薯条和冰激凌才是最佳搭配的女孩。

我们坐在餐厅外面吃，这是我的决定。我说我想在外面看大海，其实是里面太吵了。

外面也很吵，但是至少能听到海浪声。

我们吃了薯条。

太阳照在大海上很美。

我们看到了一只海豚，我就像其他孩子那样指着它——甚至那些十几岁的孩子也指着它，他们酷酷的脸庞上绽开了笑容，像回到了孩童时候——有那么几分钟，我感觉自己和他们一样，我融入了他们之中。

可是最终，海豚游走了。

我们走回家，在我们家附近有些街头艺人在演奏手风琴和小提琴，诺尼姨妈跳了一会儿舞，我没有觉得尴尬，只是有一些……心痛。

还有孤独。

因为其他人也在跳舞。

阿斯姆在店里跳舞。

其他孩子仿佛被魔力附着般，也在跳舞，我不得不假装正在看一棵好似很有趣的植物，这样我就不用向他们展示我内心的空虚。

诺尼姨妈试图牵起我的手，带着我旋转。

我摇摇头，依然看着那株植物，我的脸像着火了一样。于是她只好松开我的手，自己继续跳舞，这让我觉得更悲伤了，好像她已经放弃我了。

阿斯姆给了我一个草莓冰激凌，尽管我要的是香草酸奶味的。

诺尼姨妈送我回家。她拥抱我，道别时小声说："有时候你可以选彩虹冰激凌。"我还没来得及撒谎，她就开着自己那辆老旧的咔嗒作响的黄色汽车走了，而我的手还悬在半空中。

我转身回屋，原本感觉会很兴奋，因为家里有新书可以读，我可以成为书里的一个角色，走进魔法世界。但相反，我仍然觉得有些空虚。

这时我看到了前院草坪上的兔子。我都不用走过去检查她的项圈就知道我认识她。

"我正准备打项圈上的电话，"爸爸在大门口喊道，"但我觉得你应该想要看看这只小公兔。"

"是小母兔，"我说，"你不用打电话了，我认识这只兔子。我知道她住在哪里。"

于是，这成了我要做的第二件美好而正确的事。

蜀葵乖乖地让我把她抱起来——她当然会让我抱——我告诉爸爸我不会去很久。

走在去泽维尔家的路上，我一直在告诉自己我会敲门。

我会打招呼。

我会勇敢。

但当我到达他家的时候——当然，我什么都没做。

我写了一个纸条，上面写着："我把蜀葵带来了。希望我把她留在花园里会没事。"

我做了这些。

我回家了。

我读了一会儿书，但空虚的感觉还在。

而且更空虚了。

第十五章 请帮我完成不可能的事

周一，美好而正确的事：我让一个穿着公主睡衣的男孩"绑架"了我。这可能算一件美好而正确的事，可能不算，实际上，这可能是一个非常糟糕的主意。

周一一开始很平常，经过了一个不太美妙的周末后，我感觉好多了。

我几乎感觉自己是个正常人了。我觉得心里的那些"结"正在缓缓解开，我的大脑也安静了一些。

我和爸爸一起搭配着热牛奶吃了香蕉和玉米片，他还为我做了热巧克力。因为天气冷了，他还给我加了肉桂。这是妈妈离开前我喜欢的口味。

我现在不喜欢这种口味了，但我没有告诉他。喝下去并不难。我做得挺好。

爸爸向我罗列了他接下来一天有哪些事要做：和一位家长见面，参加全校汇报演出和学校运动会。他说希望周末能多批改一些作业，还说自己有时候会希望多教点课，少做一些管理工作。他说教学很有趣，但他现在也没有什么机会一心教学了。

"这样能挣更多钱，"他说，"但有时候我觉得我们也不需要很多钱。我有时觉得需要更多的快乐。"

"我不需要很多钱。"我说。然后，我为自己拥有新球鞋、冰激凌、薯片，还有那么多书感到内疚。"我可以多去去图书馆。"我说。我比一般人去图书馆的频率高很多，但是我可以再多去几次。

我不必拥有每一本喜欢的书，也不必拥有成套的书。我们的书架已经塞得满满的，都是因为这些书和学校的鞋子，还有妈妈的离开，爸爸才不得不这么努力工作。

这一切都是我的错。

"别傻了，花瓣，"爸爸说，"就算我只剩两枚硬币，我也会把钱花在给你买最后一本书上。我特别乐意给你买书。"

我仍然感到内疚，从去学校的路上，一直到数学课上都

是如此。我太过内疚和羞愧，以至于我没有听见迪宁老师问我问题。他问了我三次，最后他双手合掌，用我们这所特殊学校所能用的最生气的语气说："阿斯特，你真的要学会尊重别人，聆听别人。我们能把这件事放在首位吗？明天你得带着小耳朵来，行吗？"

英迪格嗤笑着说："小耳朵。"

我突然觉得自己又渺小又显眼。迪宁老师温柔的声音像是用羽毛做成的利刃，英迪格的嗤笑像一千只小蜜蜂在蜇我，我感到羞愧难当。

我知道我不能再待在这个房间里了。这房间太小，太小，这么小的房间里有这么多双眼睛，而且房间里很热。太热了，那些尖牙利嘴的妖怪要把我的舌头咬下来，我必须逃走。

迪宁老师喊道："阿斯特！"但我的耳朵里全是噪声，我的心脏太疼了，我的脚也因为快速跑动而刺痛。我没有停下来，也没有回答他。我跑呀跑，直到我跑到玫瑰花丛，和蜀葵待在一起。我把脸埋在她柔软的黑色皮毛里，她也让我这样做。当泽维尔的声音冲破我内心的噪声，对我说"你应该跟我来"时，我点了点头。

"我们能带上蜀葵吗？"我轻声问。

他把蜀葵从我胳膊里抱起来。他一只手抱着她，另一只手牵着我站起来，然后说："你知道她的名字不是蜀葵，对吧？她的名字是丹妮莉丝。不过还是谢谢你把她送回来。现在轮到我来帮助你了。"

"你怎么帮我呢？"我一边哽咽，一边问。

"像我说的，你应该跟我来。"

这时候，我才注意到他穿的是睡衣。我之前见过男孩子穿蜘蛛侠睡衣，或是印有《辛普森一家》人物形象的睡衣，又或者是印着忍者神龟图案的睡衣，但这是我这辈子第一次看到男孩穿白雪公主睡衣。

他看到我在盯着他看，笑着说："我偏要这么做，让我妈妈生气。她特别想让我穿有龙图案的睡衣，因为她喜欢龙——就是她给兔子起名叫丹妮莉丝的，这是她喜欢的一个骑龙者的名字。我当时在生她的气，就想做一些让她生气的事情。我知道穿超人睡衣之类的不够，于是选择了这件。我妈妈最讨厌迪士尼卡通了。其实我现在还挺喜欢这身睡衣的，我觉得它挺有型。好了，现在你要不要跟我来？"

"去哪里？"我问。

"就是那上面。"

他指了指他家后院里那棵歪歪扭扭的桉树的顶端，那最高的树枝上有一个木头搭建的平台。

看起来并不安全。

"我不会爬树。"我反对道。

"你可以的。"

"我不能就这样离开学校。"

"你可以的。"

"我……我今天还没做一件美好而正确的事,如果我不做,所有的事情都会变得一团糟!"我脱口而出。这是我最后的机会——我的最后一道防线。我觉得他可能会理解这种感受。

他点点头。我以为不用冒险了。但他说:"我也没做。所以这就是我的美好而正确的事。或者……确切地说,这不完全算美好而正确的事,而是一件奇怪又莫名其妙的事。你愿意帮我做吗?帮助我可以让你完成一件美好而正确的事。"

"如果你逼我上去,那就是绑架。"我小声说。

"我知道,"他微笑着说,"我之前从没绑架过谁。这可能是我做过的最奇怪、最莫名其妙的事了。而且,你之前也绑架过丹妮莉丝,所以这只是以牙还牙。"

我抬头看看树。

又回头看看身后的校园。

我看到英迪格正朝着我们走过来。

我转向泽维尔。"好吧。"我说。

第十六章　一个摇滚明星梦的破灭

周二，美好而正确的事：我回到了学校，尽管我很害怕。不是因为我很勇敢，而是因为我爱我的爸爸。

我爸爸从没设想过他的人生会是现在这个样子。

我知道他的故事，因为我听了无数次，大多数是从诺尼姨妈那里听来的，有一两次是从妈妈那里听来的，但她讲他的故事的时候，从不像诺尼姨妈那样自豪。

相反，妈妈总是把爸爸的生活讲得好像很让她生气，而且有点像个笑话。

但我和诺尼姨妈一样，觉得爸爸是一个特别值得我们骄傲的人。我觉得他的故事精彩纷呈。

他在我们岛南边的一个小镇里长大。我们现在住在岛的北边。但爸爸的父母，也就是我的爷爷奶奶，曾经是嬉皮士。他们环游世界之后，在塔斯马尼亚一片广阔的荒野上定居下来，住在一辆大篷车里。在那里，野鸡有自己独特的小群落。奶奶养蜜蜂和山羊，爷爷写诗。天空万里无垠，在他们家附近数英里[1]内都没有其他的人家，他们把那里当成了自己的家。

爸爸是那片土地上第一个出生的孩子，在之后的三年里，他就是那里的"小霸王"。之后，尼尔叔叔出生了。后来，当两个男孩已经长得很大的时候，我独特而美好的艾尔叔叔降临到了人世。

他们也像他们的父母一样四处旅行。

爸爸是唯一定居的人，但他从没打算这样。

他本打算成为摇滚明星。他留了长发，弹着一把蓝色的电吉他，充满激情、活力和愤怒。他的嬉皮士父母也不知道他血液里流淌着什么，但他们认可他的热情，所以让他去追求梦想。

爸爸离开家后去做音乐，并且旅行了一段时间，后来在一次摇滚音乐节的人群中邂逅了妈妈。

---

[1] 英里是英制长度单位，1 英里约为 1.6 千米。

他从来没想过会爱上一个艺术家的女儿。

她跟他一点也不一样，也不像她的父母。她吃着绿豆，听着乔尼·米切尔[1]的歌长大，却爱上了香槟、名牌鞋子和泡泡糖音乐。她当时的男朋友硬要她去参加那个音乐节，她在那儿过得很不开心。

爸爸发现她在门口哭，因为她很想回家。他告诉她，自己将是个有名的摇滚歌星，尽管目前还不是。妈妈没有相信，因为妈妈一眼就能认出骗子，但他有一辆车，后座坐着两个摇滚女孩，她们中间有一个空位。她们中的一个第二天要上班，也想早点回去。我爸爸提出要将她也送回家，因为爸爸是一个英雄。

妈妈坐在那辆车的后排中间，听爸爸讲述他的父母，他的梦想。她没有爱上他，但他爱上她了。

"我觉得他是个疯子，"妈妈以前总是说，"而且他又穷又邋遢，闻起来像汗水和松针混合的味道。"

爸爸现在闻起来还是像松针的味道。

"他磨得我没办法了，"妈妈说，"我和他说我会和他交往，但是他必须放弃那个愚蠢的摇滚明星梦，找一份像样的

---

[1] 加拿大创作歌手，词曲创作人，同时也是一位画家。她是20世纪最有影响力的音乐家之一。

工作。我可是把我的人生都规划好了。这个规划里没有'嫁给一个身无分文的摇滚音乐家'的选项。我受够了音乐家和绿豆。我想要我的人生更加丰富。"

爸爸非常爱她。所以他给了她想要的，甚至比那更多。

他尽力了。

但是她还是不爱他。

爸爸为了她去上大学，成了一名音乐老师。

但是她还是不爱他。

当她意外地怀上我，而这超出他们的计划时，爸爸发誓会永远爱我，照顾好我。

但是她还是不爱他。

他们结婚了。但是她还是不爱他。

爸爸非常努力地工作。他升职加薪，赚到更多钱，能更好地照顾她和我。

但是她还是不爱他。

她忍了很长一段时间，最后还是离开了。这时候，爸爸已经变成了一个有女儿的小学校长。

他再也没能成为一名摇滚明星。

我每天都为他再也没能成为摇滚明星而内疚。因为他本可以成为一个非常出色的摇滚明星。他现在仍然唱歌、弹吉他，他学校里的孩子都觉得他非常酷。但应该有更多的人看到他，更多的人觉得他很酷。他应该出名。

也许，要不是因为我，他会出名的。

也许，要不是因为我，妈妈会更早离开，那时他还很年轻，可以辞去工作，再次四处游历。也许他还会在某一年站上音乐节的舞台，令台下的观众高呼着他的名字。

也许，要不是因为我，他不会失去所有的梦想。也许他会很幸福。

我爸爸是一个英雄。我爸爸因为我失去了太多。

长久以来，我都没有意识到这一切。我一直以为，我的父母和其他父母一样。我以为每个家庭都像我们家一样，充满了紧张、悲伤和后悔。

我以为每个妈妈都会对爸爸大喊大叫，抱怨"失去了自己的梦想"。

我以为每个爸爸都会在妈妈用力摔门离开家的夜里哭泣。

长久以来，我都以为我爸妈的故事是一个爱情故事，直到我意识到我的家完全没有爱的痕迹。

我更加深入地思考那些我从小就听过的故事。

"我们是在一个音乐节上遇到的。你妈妈其实不是特别

喜欢摇滚乐。她压根不该出现在这个音乐节！这是不是一个很神奇的巧合？"

"你爸爸曾经是一个音乐人——你能想象吗？我们结婚的时候他放弃了这项事业。可是现在……瞧瞧我们！"

这个故事我不知道听了多少遍。

现在我可以给这个故事加入自己的想法。

她不爱他。

她从没有爱过他。

她希望她从没有去过那个音乐节。

他为了我放弃了一切。

我知道如果我不去学校的话，爸爸会很担心。

所以，我在被"绑架"后还是回到了学校。尽管我知道，我这么做会有麻烦。不是因为我很勇敢，只是因为我爱我的爸爸。

因为他为我放弃了一切。

第十七章　假装自己是半个机器人

周三，美好而正确的事：

我本想写下今天做的美好而正确的事，我只想写清楚事情的原委，但每次当我提起笔，我的手都在颤抖。

我写了一些字，有时候是一句话，有时是一段话，但这些写下的内容看起来都不对劲。这些字甚至看起来都不像字，它们像外星符号或者是象形文字，又或者只是毫无意义的图形或圆圈。

其他时候，它们又饱含深意。它们在每页纸上都显得太沉重，就像如果我合上日记本，所有的字都会从封底掉到地毯上，在纸上留下一个大洞。那里曾记满了我做过的所有美

好而正确的事。

我所有的故事。

我所有的善行。

我的价值。

我的安全感。

我不能让那种事情发生。

我试着写，我帮助了英迪格……

我试着写，她给我的感觉……

我试着写，我看到了什么。

我听到了什么。

我不知道这是不是真实的。

我没有说……

但最后一个是最糟糕的。因为我没有说，这就是问题所在。她让我不要说，我答应了，这让她停止了哭泣，她非常小声地说："你很好，阿斯特。"

我觉得这是一件美好而正确的事情，因为她变高兴了，是我让她高兴起来的。但她知道是我做的，而她本不应该知道这一点，所以也许那不是一件合格的"美好而正确的事"。也许我应该说出来。

也许我还是应该说出来。我可以只说出一部分，这些话不会让一切变得千疮百孔。

我因为上学期间擅自离开了学校一会儿而惹上了麻烦。米尔本夫人说他们在到处找我。她都快给我爸爸打电话了。

她问我为什么这么做。

我想说："因为我很伤心。因为我无法应对。因为我都快爆炸了。因为都是错，一切都很糟糕，我可能会碎成一百万块并且燃烧起来。"

但我无法说出口，我什么也说不出，只能看着我的手，只能看到它们有多么小，我有多么小……

多么破碎。

米尔本夫人叹了口气，她轻轻说："阿斯特，我知道你是一个很棒的孩子，我也知道你很聪明，你学得很努力。我知道你家里发生了一些事，你妈妈离开了。但你没有让这些事情影响你的学业，你应该为此感到自豪。你的选修作业总是完成得很棒。你所有的测评成绩都很好。我听说你在教室里很安静，这是没有问题的。在信天翁学校，每个人的个性都有其价值！但是，当你离开这所学校，情况就不一样了。人们可能不会像这里一样接受你。他们也许希望你能做更多。这让我感到担忧，阿斯特。因为我觉得你是一个了不起的年轻人，而且……我希望你一切都好。"

我很想说："别担心我！这会让事情更加糟糕！"

我想说："我不好！请帮我变好！"

但实际上，我说的是："我对我的离开感到很抱歉。"

米尔本夫人说："我不会给你一个'受教育的时刻'，阿斯特。我会说你生病了，你得回家。但是你要答应我，你不会再私自离开学校了，我才能这么做。我的工作是保证你的安全。我不能让你就这样离开学校。我必须让你向我承诺，你以后不会再这么做了。"

"我爬上了一棵树，"我告诉她，"我只是在树上。"

她点点头，好像她理解了我的行为一样，这出乎我的意料。然后她等我继续说。

于是我说："我觉得我还是得受到惩罚，我是说……接受一个……受教育的时刻。"

我想她又理解了。她理解了为什么我这么说，为什么我需要这样。

"增加图书馆的值日次数？"她问我，"或者，你可以去给幼儿园大班的小朋友读书？"

我摇摇头说："我其实更想做垃圾值日生。"

她非常奇怪地看着我，但是我对她笑笑说："我一直想试试捡垃圾的那个夹子。"

这个夹子和我所想的一样有趣。我不仅可以不用弄脏手就捡起垃圾——其实我们学校没多少垃圾，因为我们学校执行"无包装"午餐盒政策——还可以假装自己是半个机器人。

我知道，我太大了，不适合假装自己是半个机器人了。

做垃圾值日生唯一不好的地方就是会引来别人的目光。他们盯着你看，不仅是因为你在用夹子，还因为他们知道你一定犯了什么错。

大家尤其盯着拿着夹子的我看，因为我之前从没被罚过"受教育的时刻"。

我极力回避他们的目光，避免跟他们对视。我哼歌给自己听，努力让心脏跳得不要太快，但我仍然能感受到他们的目光。

我走到学校一个更安静的角落。没有了那些注视，一切又变得有意思起来了。我可以做一个机器人，不用担心旁观者，也不用担心人们觉得我像一个小孩。

我甚至可以装出另一种声音，只是偶尔我的思绪会飘到一个刺痛我的地方。我意识到，其他十一岁的孩子都不会这样做。其他十一岁的孩子都不会抓着一个夹子，假装自己是半个机器人，用夹子手收集珠宝，再把宝石带到仙境的宫殿里，然后……

"停！"我对我的思绪喝止道。

"走开，就一小会儿！我就不能有片刻轻松？你就不能让我轻松一会儿吗？你就不能——"

我闭上嘴，深吸了一口气。

我让自己一动不动。

让自己安静。

一个声音从附近传来，吸引了我的注意力。我以为这里就我一个人，但并不是，因为有声音，而且是……

哭声。

有人在哭。

我让自己一动不动。

让自己安静。

我听到了。

哭声还在继续——那是一种只有在没人听见的时候，人们才会发出的低沉的呜咽声。但我在听，我听到了哭泣声。然后我听到哭泣的人在说话。我有点震惊，因为这哭声一般是在独处时发出的，但是听起来像是有人在对话。

然后我意识到，她在和自己说话。

"我不想离开她。我爱她。她是个好妈妈。她爱我。我不想走。请让我留下来，让我留下来，让我留下来。我害怕。"

我屏住呼吸，我的呼吸仿佛紧紧锁在体内。

我觉得只要自己待着不动，不呼吸，那个在哭的人就一定会走开的，那样就没事了。尽管我的心跳得像一支昂扬的军乐队。

但这时候，我带着夹子的"机械手"从我颤抖的手指间滑落了下来。

那女孩不再说话。因为，很明显，她听到了。听到了我发出的声音。机器人解体的声音。

她过来了。

她怒目而视，双手握拳，准备打架，但我赶紧告诉她："我不会说的。"

然后，当她松开拳头后，我又说："你想聊聊吗？"

她想了很长时间，终于开口说："也许。可以。"

随后她说："你很好，阿斯特。"

第十八章 不肯离开的大黑狗

周四，美好而正确的事：我假装对英迪格几乎要成为我的家庭成员这件事没意见。

有时候，诺尼姨妈会收留一些寄养儿童。

她说自己没有孩子的原因很"复杂"——我觉得主要原因是她对异性不感兴趣——但她真的会是一个很出色的母亲。在我需要的时候，她一直扮演着母亲的角色。

当其他男孩和女孩需要妈妈的时候，哪怕只是一小段时间，她就会成为他们的妈妈。

现在，我已经习惯了时不时有一个人出现在诺尼姨妈家，占据她本该属于我的一部分时间和精力。有时候他们会待一周，有时候是一个月。有时候他们会很伤心或者很生气。有时候他们会打坏她家里的东西。毫无疑问，他们也会伤她的心。

诺尼姨妈总是说没事的。她说心每次破碎后都会自我修复，只是形状会不一样，而且看它会变成什么形状总是很神奇。

她说她的心足够坚强，也足够宽广，可以包容这些孩子。我已经习惯了。

我以为我已经习惯了。直到我知道英迪格·迈克尔成了他们中的一个。

诺尼姨妈打电话给爸爸，告诉他这件事。她原本准备来喝茶，但是她来不了了，因为英迪格被从她妈妈身边带走了，需要找个地方住，这个地方就是诺尼姨妈家。

爸爸挂了电话之后，就和我说了这个情况。我装作一副无所谓的样子。我以为自己不在乎，但后来不得不回房间，把自己缩成一团待了一会儿。

我刚要开始在纸上画石楠花，就听到敲击窗户的声音。我一开始以为是一只鸟，或者是一只负鼠，但后来我意识到这敲击声有节奏，是一种有规律、持续不断的节奏。

哒哒哒，哒哒哒，哒哒哒。

鸟不会这样啄，负鼠更是只会抓。

我好奇地舒展开身体。

但我马上又想到了坏人和吸血鬼，于是把自己缩成更小一团。

"多大的人了，还相信有吸血鬼。"我给自己打气。

但是坏人可是真的，强盗也是真的。我无法说服自己相信世界上没有强盗。我踮起脚尖走到窗户边上。

泽维尔坐在山毛榉树上，穿着海盗睡衣，肩膀上还坐着一只假鹦鹉。

"你在干什么？"我小声说，"如果我爸爸看到你在这里，得心脏病发作了！"

"他不喜欢海盗吗？"泽维尔问。

"这不是重点。天已经很晚了，你也不该在我家的山毛榉树上。你妈妈不担心你吗？"

"我跟她说过我要去哪儿。"他一边说，一边耸耸肩。他肩膀上的假鹦鹉随着他的身体一上一下。"我告诉她我得来看看你，之后很快就会回家。"

"她同意了？"

他的鹦鹉再次上下晃动起来。"我今天与'大黑狗'相处得不好，我想她会很高兴看到我有感兴趣的事情。"

"大黑狗？"我非常疑惑，我都不知道泽维尔有一只狗，我只知道他有蜀葵。

或者丹妮莉丝，不管她的名字叫什么。

"这是一个比喻，"泽维尔说，"你知道什么是——"

"我读过很多书，"我打断他，"我知道什么是比喻，那黑狗是什么东西的比喻呢？"

"抑郁症，"他实事求是地说，"我不知道他们为什么用这个比喻。那个有透视眼的家伙是这么说的。也许是因为当你觉得抑郁的时候，就像房间的什么地方有一只大黑狗，它怎么都不肯走。今天就是这样。那只狗真的不想离开。"

"但是……你现在没事了？"我问，因为我不知道该说什么。

"我和你在一起感觉就好多了。我喜欢你。和你在一起我感觉很安全。"

"和你在一起我也觉得安全。"我小声说。

我们的灵魂仍然没有像我和弗林或是我和阿斯姆那样连接起来，但我们的心已经有了一点连接。

"真的吗？"他的微笑略微有一些迟疑，"我感觉你从来都没有安全感。"

我的胸口紧缩了起来。

因为他是对的。

"深呼吸，"他轻轻说，然后声音稍大了一点，"然后……也许，我不知道，也许唱首歌？"

"我唱不了。"我告诉他，我的下巴在颤抖。

我唱不了。

我没法唱歌。

他看着我，我唱不出来。即便看着我的是泽维尔，我也唱不出来。

"学海盗一样说话呢？"他又提议道。

我摇摇头："只有小孩子才会学海盗。"

泽维尔皱起眉头："是呀，毕竟你已经六十二岁了。"

我忍不住笑出声。

"我不会逼你的，"泽维尔说，"我也不会试图治愈你，我可不是那种疯癫的梦幻海盗。"

"一个……什么？"

"类似疯癫的梦幻女孩？"

我再次困惑地摇摇头。

"就像……电影和书里的女孩——这种角色几乎总是一个女孩——她在电影或书里只是为了让男主角做各种奇怪的事情，然后能更享受生活。通常，这种疯癫的梦幻女孩总是有一头蓝色的头发。她们一般都喜欢奇怪、悲伤的音乐。我不喜欢奇怪、悲伤的音乐，我也没有蓝色的头发，而且我是一个海盗。所以那显然不是我。"

"而且你不是一个女孩。"

"而且我也不想治愈你。但……我想多跟你一起玩，也许周末可以？"

"我得问问我爸爸。"我说。

"当然，"泽维尔说，"你大概得打扮成海盗，还得唱歌。"

"我可不会这样做！"我大喊道。这时候泽维尔开始从树上滑下去。

我看着他往他家跑去。

过了一会儿，有人敲我的房门。

"没事吧？我看到一个小小的海盗从我们家的山毛榉树上跑走了。"

"我周末能和泽维尔一起出去吗？"我问爸爸。

他什么都没说。他只是亲了亲我的额头，然后冲我点了点头。

当他走后，我把我疲惫的、思绪万千的脑袋再次靠在枕头上，对自己说："为什么泽维尔不能治愈我呢？那样会很糟糕吗？"

"为什么没有人可以治愈我？"

第十九章 灵魂的连接线

周五，美好而正确的事：今天的美好而正确的事是一件小事，在经历了那么多大事以后，这真让人松了口气。我所做的只是给了弗林一个微笑。

爸爸二十岁才爱上妈妈，诺尼姨妈告诉我，她第一次真正喜欢一个人是高中读到一半的时候。她说她之前有过"瞬间的心动"，但她的心跳只为阿什而疯狂。

诺尼姨妈给我看了她在学校照的照片，十五岁的她坐在一个有着亮红色卷发的人旁边。当时所有男孩女孩的目光都注视着照相机的镜头，只有诺尼姨妈朝她的左边看去。

那个微笑很小，但是说明了一切。那个有着一头红卷发的人叫阿什·罗萨尔——名字和姓都是植物名。

弗林·布鲁门萨尔的名字不是植物，但他的姓是植物，它是德语，意思是"山谷里的鲜花"。

当我们一年级的老师第一次点名念出他的名字的时候，我就意识到，他注定会成为我的朋友。

弗林·布鲁门萨尔。

我知道"布鲁门"的意思是"花"，因为我妈妈是德裔，所以我也认识几个德语单词。

我闭上眼睛，想象一朵花：白色的花瓣，十分娇嫩，我想象这个男孩，弗林，就像那朵花一样，有着白皙的皮肤和像被冰雪覆盖的睫毛。

但弗林·布鲁门萨尔一点也不像那样。

弗林·布鲁门萨尔的睫毛像蜘蛛腿，眼睛是榛子色的，他的腿是我们班男生里最长的。他聪明又风趣，浑身散发着光芒。

尽管他不是我想象的那样，我仍坚信他注定会成为我最好的朋友，就像书里的孩子们的最好的朋友那样，有着永远坚不可摧的友谊。

这不是爱情，不是爸爸爱妈妈的那种爱。只是我第一次见到弗林，就感觉到我们的灵魂产生了连接。

我非常希望他能成为我的朋友，我最好的朋友。但这是一种无望、悲伤的梦想。

希望弗林·布鲁门萨尔成为我最好的朋友是无望和荒谬的，这种希望比扮演机器人更幼稚。

这是无望的，因为他不是一个奇怪的白发生物。他是一个笑容阳光，眼睛闪闪发光，灵魂闪耀着光芒的人。当然，所有人都希望他能成为自己最好的朋友。而我黯然失色，像是一个隐形人，都没法对他笑一笑，因为我是真正脆弱的花朵，不像他。

我给弗林·布鲁门萨尔一个微笑是因为英迪格犯了错。英迪格让他很伤心，英迪格今天可疯了。

我大概是除了老师以外唯一知道原因的人。没有人理解，也不会有人为英迪格伤心。他们觉得她是一条关在笼子里的短吻鳄，她牙齿锋利且迅猛，令人恐惧。

她在数学课上大声喊叫，还在安静的阅读时间把书丢在地上。她被罚坐了"安静椅"，又被要求去米尔本夫人那里报到，她回来时依然怒气冲冲。

她说安纳利斯是一个愚蠢的芭比娃娃，又说米拉闻上去像卷心菜。

她还说弗林应该从哪里来的到哪里去。

弗林回答道："去哪里呢？澳大利亚的奥尔德纳？"

这是真的，那就是他住的地方。而且他爸爸是澳大利亚的塔斯马尼亚土著，所以弗林的澳大利亚血统比英迪格或我们这所奇怪的学校里的大多数人都更纯正。

我想告诉英迪格，弗林来自这片土地。他来源于此，如同已经生长了数十万年的树。他来自这里，就如同深埋在你的椅子之下，深埋在这间教室、这所学校以及小镇最深处的岩石一般。

我什么都没说。

我看到弗林很难过，于是我给了他一个微笑。

安纳利斯没有这么做。

安纳利斯还在想着芭比娃娃的事情，想着她受到的伤害，想着她的愤怒和骄傲。

她甚至没有注意到弗林很难过，其他人也没有看出来，因为他回答得很平静，声音里甚至带有一丝笑意。他没有哭，也没有捶桌子或者从教室里冲出去。

相反，他只是翻了个白眼说："没关系。"

英迪格再次得到了一个"受教育的时刻"。她又被带走了。

她离开教室时，和我对视了一下，我对她轻轻点了点头。我不是想告诉她她的话是对的，因为那不对，我只是想说我

理解她为什么这么说。我理解她所感受到的痛苦。

我知道那种感觉。

我没想到她也会朝我点点头。

但她点了。她点头以后，我看到了她脸上的眼泪，别人都没看到，因为其他人都太害怕了，不敢看。

其他人都不敢关心英迪格。

因为她是一条短吻鳄。

但当我移开目光，看向弗林的时候，我看到他也在看着我。他看到了我点头，我有点害怕他会生气，但是他没有。

他对我笑笑。

我也笑了。

当时我感觉有根细细的线从他身上连接到我身上，是一根中间没有打任何结，只有顺滑、闪耀的线。

课后，他向我挥手，但还是和安纳利斯一起走了。

我走出学校大门的时候，被一个宇航员挡住了去路。或者说，一个穿着宇航员睡衣的男孩。

"你好，泽维尔。"我说。

"我只是想确定一下我们明天能见面吗？"他说。

"爸爸说我可以来的。"

爸爸没说可以。但他亲了亲我的头，然后点了点头。

"太好了。十点？"

"听上去很棒。"我说。

泽维尔向空中举起手臂飞走了。或者说，他一边跑一边假装在飞行。

我意识到，我们之间也有一根线相连，但我们的线更像是老式电话机的线，或是那种用两个易拉罐做的对讲机之间的线。

我能够听到他，他也能够听到我。但那根线并不像我和弗林之间的线那样闪闪发光。不过它很好，这是一件好事情。

也许，连接我与泽维尔的是一种心弦。也许心与心的连接比灵魂的连接要更好。

我意识到和泽维尔出去我一点都不觉得紧张。

我还是不能在他面前唱歌，但我不再紧张。心弦比连接灵魂的弦简单多了。它仅由血液和肌肉构成，当你真实地做自己，直达自己的内心，或是当你独特的心遇到他人独特的心，你们彼此都是真实的自己时，心弦就会触动。

泽维尔会打扮成海盗或宇航员，但他不是一个疯癫的梦幻男孩，他会让你意识到自己的奇怪并不奇怪，自己的幼稚也并不幼稚。就做自己，也挺好的。

第二十章　因为我是明星

周六，美好而正确的事：我陪一位悲伤的女士坐在桉树下，因为她的儿子不愿去冒险。

早上醒来时，我觉得很开心。我梦见弗林·布鲁门萨尔、线，以及飞翔。

我们坐在山顶上，脚下除了白云什么都没有，我能听到安纳利斯的声音在很远的地方回荡，她喊着弗林的名字，但他牵着我的手，当他说"一、二、三，跳！"的时候，我就跳了。

但是我们跳下去后并没有飞起来——我们掉到了云层里面，感觉很冷。我很害怕，因为我担心我会融入它们，变成其中的一部分，因为我是一朵云，因为我是一个幽灵。连接着我和弗林灵魂的线断了，因为这根连接线太过脆弱。但我感觉到有人握着我的另一只手，他握得很紧，对我说："深呼吸。"我照做了。然后我和泽维尔一起飞向了太阳。

我很担心弗林·布鲁门萨尔，于是我从云层里往下看，看到他开心地、缓慢地飘向地面。他一边微笑一边挥手，我听到他向我说："没关系。"

弗林·布鲁门萨尔经常说"没关系"。

我希望自己能像他一样。

弗林·布鲁门萨尔的妈妈会来参加校会，在图书馆帮忙，她记得所有孩子的名字——包括我的。她来学校接弗林的时候会拥抱他，他也让她抱。她管他叫我的明星。

弗林·布鲁门萨尔并不完美。当听到英迪格这样的人说刻薄话时，他还是会伤心。但是过一会儿，他就能振作起来，又开始微笑着说："没关系。"

也许这是因为他妈妈管他叫"明星"。因为他知道她永远不会离开他，这让他坚如钢铁。

我并不坚如钢铁。

我是一片云，一个幽灵。

但是，今天……

今天，我感觉自己又强壮，又轻盈，又兴奋。

我感觉，几乎，好像真的"没关系"。

因为今天我要和泽维尔一起出去玩。

我飞快地跳着下了楼梯，哼着小曲，我几乎喜欢上了自己编的歌曲。

爸爸问我要不要吐司，我要了两片，因为我几乎感觉自己的胃已经不纠结了。我能感觉到饥饿了。他问我要去哪里，其实我也不知道，他有点担心，但转瞬又展颜道："好。"

"我还是孩子的时候也经常这样，"他说，"我会在早上出门，但不知道目的地是哪里。我会在外面待一整天，带着涂了维吉麦果酱的三明治、苹果和果汁。我会越过田野，躲在山洞里，用最响的声音唱歌，在大树后面上厕所，然后……"

"爸爸。"我皱起鼻子。

"说太多了？"

我点了点头。

他笑了，说："中午给我打个电话，好吗？如果中午没有接到你的电话，我就派出搜索队去找你。"

"爸爸！"

"怎么了？"

"我没有手机，"我提醒他，"你说过我十六岁前不能有手机的。"

爸爸把手伸到裤子口袋里，摸出一堆硬币。"用过投币电话吗，花瓣？"他问我。我摇摇头。"你该试试。"他说，"它们马上就要被淘汰了，你得试试。"

爸爸坚持要给我做涂了维吉麦果酱的三明治和加了奶酪的沙拉，还给了我一美元，说："看看你能用它买些什么东西。"

"大概是半包薯片？"我说。

爸爸摇摇头。"再好好想想。有一次，我和你妈妈买了……"他声音渐弱，脸仿佛变成了雨水坑，映照着灰蒙蒙的天空。

"你想她吗？"我小心翼翼地问。

"我……"他叹了口气，"当然，花瓣。她是你的妈妈。"

"你觉得她想我们吗？"

"我相信她会的。"

"那她为什么离开呢？因为我吗？"

"不！"爸爸的声音太大了，吓得我几乎跳了起来。"对不起，"他笑着说，"不，从来不是因为你，阿斯特。你妈妈

有自己的路要走。"他摇了摇头,"问这么多问题干什么,阿斯特?我们怎么从投币电话聊到这里了?"

我耸了耸肩。因为我确实不知道。我只知道自从妈妈离开以后,这些问题就一直积压在我心里,如今都冒了出来。

"我们不是不能聊这些,花瓣,"爸爸说,"只要你想,聊多少都可以。"

"我是想聊,"我说,"但我现在得走了,我要去见泽维尔了。"

"他听起来是一个很善良的孩子。奇怪,但善良。"

"我也奇怪但善良吗?"

爸爸笑了。"你是完美的,阿斯特。"

"我不是……"我皱起鼻子,"好了,我保证这是我的最后一个问题……"

"什么?"

"你知道……你是个校长。"

"是的。"

"你见过很多很多的孩子……"

"对,是的。"

"我和他们——像吗?和我同龄的孩子,其他十一岁的孩子像吗?你会不会觉得我很幼稚?"

我以为爸爸会立刻说"不"，但他没有。恰恰相反，他停顿了很长时间，终于说了一些我完全没有想到的话。"我认为没有幼稚这回事，真的。"他说，"我觉得每个人其实一直都是小孩子，不管我们年纪多大。只是有些人更擅长掩藏这个事实。不过我觉得……你越是坦诚面对这个事实，不去掩藏它，那你就越真实。"

"所以我是一个真实的人？"

"你很真实，"爸爸微笑着说，"保持真实吧，花瓣。"

我点点头，然后抱了抱我有趣的、幼稚的、深不可测的爸爸，意识到……

我是他的明星。

突然之间，我觉得自己更坚强了一点。

"没关系。"我想。

然后我又想："嗯，很多事情都没关系。"

我一路笑着跑到泽维尔家。

这不是对弗林·布鲁门萨尔的那种笑。这是一个为世界上所有的魔法而绽放的笑。今天可能不会发生我读过的有关海盗、仙女、恶龙和不可思议或不可能的旅程之类的故事，但我会收获别的东西。我可能会在树上、田野或是火星上，我不在乎，因为我的脚能感觉到地面，它很坚实，而我在

飘浮。

这是一个真实的笑容。

这个笑容也许充满了孩子气，也许我已经长大了，不该再露出这样的笑容，但在这一小会儿，我不在乎。

去泽维尔家的半路上，妈妈的声音飘进了我脑海。"把这孩子带走，拜托，我需要属于自己的时间。她太烦了，太吵了。她为什么就不能懂事点，让我一个人待会儿呢？"

我执意要找她，因为我想要一个拥抱。爸爸拽住我的手说："算了吧，花瓣，让你妈妈休息一下，过来和我玩吧，我们会找到一些开心的事情来做的。"

我的脚步放慢了。

回忆突如其来。我本来心情好到像翱翔的海鸥，可毫无原因地，一段回忆就像一块从很远的地方扔来的石头，砸进我的脑海，让我坠向大地。

但今天不行，今天不行，今天不行。

今天，不能有噪声。

妈妈离开家不是因为我。

没有什么是因为我。

我是爸爸的明星，我很真实，妈妈今天不能影响我。

我加快了脚步，我跑得前所未有地快，一直跑到泽维尔家门口才喘着气停下来。

我抬头看着他家的房子。

风铃在风中起舞。

一位女士坐在泽维尔家门口的台阶上。

她有着一头酒红色的波浪卷发，几乎垂到她的腰间。一条紫色的宽发带将她的头发束在脸边。她穿着牛仔裤和一件印着"盲瓜乐队"的 T 恤，没有穿鞋。她的眼神看起来很疲累。

她举着两个马克杯。一个是红点白底的，另一个杯身上印着"贪吃先生"的图案。

"阿斯特？"她喊道。

我点点头。

"来和我坐一会儿，"她站起来说，"来吧，我们去桉树下坐。"

"你是泽维尔的妈妈吗？"我问道。当她把马克杯递给我的时候，我闻到杯子里的饮品有鲜花的香气。

"我是爱丽丝。"她说。又是一个和花有关的名字。

爱丽丝，就是鸢尾花的意思，代表着信仰、勇敢和智慧。

"泽维尔不来吗？"我们坐下来的时候，我问道。

她摇了摇头。

"是那只大黑狗来了吗？"我轻轻地说。

她点点头，随后哭了起来。

我和她坐在一起，听着她谈起泽维尔的事情。我喝着她泡的美味的茶，看着丹妮莉丝在茂盛的草丛中跳跃，努力不让自己难过。

我努力不被影响，因为当你身边的人比你更伤心的时候，你应该忍住不要展露悲伤。

第二十一章　冒险的孩子才会长大

周日，美好而正确的事：我为诺尼姨妈做了早餐。

周日早晨，当我醒来的时候，诺尼姨妈站在我床边，她戴着一顶紫色的帽子，涂着粉红色的口红，还拿着一束花。

"这是我为你摘的。"她说。

我揉了揉眼睛，问道："现在几点了？"

"七点。"

"这……好早。"

诺尼姨妈点点头说："我昨晚一夜都没合眼，所以现在对我来说可不早，只能算是夜的延续。我给你带了三色堇，你喜欢三色堇，不是吗？"

我眨了眨眼睛，盯着花看了一会儿。它们确实是三色堇，而我也确实喜欢三色堇，它们代表着爱和思念。所以，我点了点头。但这一切还是很奇怪。

"诺尼姨妈，发生什么事了？"我问，说着从床上坐了起来。

诺尼姨妈坐在我的床边，亲了亲我的脸颊，说："昨晚我睡不着的时候一直在想你，还有……你妈妈的离开，我就想……你可能会喜欢三色堇。"

"妈妈打电话给你了？"我轻轻问。

诺尼姨妈点了点头。

我接下来什么都没问。

"我很喜欢三色堇。"我说。然后我想起什么来。"英迪格呢？"我问。

"她今天会在监护下去见她妈妈。"诺尼姨妈看起来很担心，我紧紧地抱住了她。

我抱住诺尼姨妈的时候，她的肚子像生气的熊一样在咕咕叫。"你饿了吗？"我问。她点点头。"好吧，我来给你做早餐。"我把腿挪到了床边，准备下床。

"你不必这么做。"她一边说一边跟着我走进走廊。

"爸爸起来了吗？"我问。

"没有，我自己进来的。"

"那我更应该给你做早餐了。你想吃玉米片还是谷物麦片？"

"什么？只有普通麦片吗？没有蛋挞或者配了椰子水和枸杞子泥的加州谷物麦片吗？"诺尼姨妈看着我做的鬼脸笑了起来。"你在学校里吃腻那些了吧？别介意，我就是开个玩笑，玉米片非常棒。"

"热牛奶？"

"还能有其他选择吗？"

我没有提醒诺尼姨妈，当然有，因为我妈妈讨厌玉米片，尤其是加了热牛奶的。她喜欢吃牛油果泥和荷兰酱配鸡蛋。

"很抱歉我做的早餐不够精致。"我感觉自己有点渺小，"我们可以去咖啡馆之类的地方吃早餐，那里可能会有枸杞。"

诺尼姨妈拉近了我说："你看，所以你才需要我和三色堇。"她把头埋在我的头发里，轻轻说："你知道你特别棒，对吧？"

"妈妈打给你说了什么？"我脸有些发烫，问道。

我也是诺尼姨妈的明星。

诺尼姨妈叹了口气："问我能不能帮她收个包裹。"

"她……问起我了吗？"

她又叹了口气，说："你妈妈……我能告诉你一件关于妈妈的事情吗？"

我点点头。

"她从来都不想要一个妹妹，"诺尼姨妈说，"而且……这其实挺正常的，我觉得。大多做老大的孩子在听说爸爸妈妈的第二个孩子要降临的时候都会生气。但你妈妈……她不喜欢我和她说话，不喜欢我看她。她讨厌我做任何值得称赞的事——任何能引起你外公外婆注意的事，比如我获奖了或者我写的故事在当地的报纸上发表了——尤其是我第一次发表作品时，她极为愤恨。尽管她认为给孩子写东西是，嗯，幼稚的。她想要父母全心全意的爱和关注，并为此不遗余力。她先结婚，先有了一个孩子，以为这样就能胜过我，因为我没有这些……"诺尼姨妈的话音渐落，我等着她再多说一些，但她没有，不过这没什么。

诺尼姨妈清了清嗓子又说："她感到被背叛了，因为父母没有认为她是那个最好的孩子。你外公外婆的过世，更让她感觉到了背叛，我想。她觉得他们应该最爱她，但事实并不是这样，他们平等地爱着我们两个人。他们过世了，你妈妈意识到，无论自己再怎么努力，也无法改变他们的想法了，她永远无法成为父母最爱的那个孩子了。所以，我想，从此她便决定去追求自己所有的梦想，因为她只剩唯一需要取悦的人——也就是她自己了。你能理解吗？"

"有一点吧？"

诺尼姨妈微笑着说："我只是想说，花瓣，也许你妈妈是一种类型，而你爸爸、我和你是另一种类型。你和我，还有你爸爸这样的人，我们像花一样，我想。我们一起在一个大田野里生长，全部在一起——"诺尼姨妈说话时挥舞着手，"我们都是明亮、美丽、完美的，以至于人们要是选择我们其中的一个，都会认为我们是他们见过的最令人惊叹的存在。我们各自都富有活力而又奇妙，但把我们放在一起的话，我们会变得更好、更强。在一个家庭里，我们更有力量。在相互支持和关爱中，我们变得更强大。这就是我们，我们是花。"

"而且我们很幼稚，"我加了一句，"我们都很幼稚。"

诺尼姨妈笑了笑说："你妈妈是这么认为的。但说得对，我们很幼稚，只是……这是一件好事情。这不意味着我们有什么问题，也不意味着我们不出类拔萃。你就是出类拔萃的。阿斯特，做你自己就好。"

"那妈妈呢？"我问。我回避了诺尼姨妈的赞美，尽管我非常喜欢她的赞美。"如果我们是花，我想她也是花。她的名字是艾薇，她是常青藤。"

诺尼姨妈耸耸肩说："但常青藤是一种藤蔓，不是吗？我觉得你妈妈是那种不断前进和成长的人，总是向上、向

远方······"

"把我们都抛在身后。"

诺尼姨妈抱了抱我。"也许她有一天会朝着我们的方向生长回来。"

"你希望她生长回来吗?"

"如果她能稍微表现好点的话,我想是的。"诺尼姨妈笑着说:"幼稚的人有两种类型,你知道,一种······"她摆了摆手说:"对这个神奇的世界充满好奇,并且······记得如何犯傻;另一种则像发脾气的幼童。现在,你得为我做一碗玉米片,不然我就要变成第二种了。"

我不假思索地跳起来立刻去做。我也为爸爸做了一碗。几分钟后他下了楼,他看起来像一张揉皱的旧报纸。他告诉我,我做的玉米片是他这辈子闻过的最香的东西。

然后,诺尼姨妈问我想做什么,当我正想回答她想做什么都可以的时候,我们听到了门口传来的一阵敲门声。

"我为昨天和那只大黑狗的事情感到抱歉。"当我打开门的时候,泽维尔说。

他在运动裤和衬衫外套了一条芭蕾舞裙,还背了一对仙女的翅膀。他递给我一顶有角的头盔和一条假胡子。"带上这些。我们要开始冒险了。"

"但是——"

"没有什么但是。"我转身。爸爸和诺尼姨妈就在我身后。

"我是阿斯特的爸爸，"爸爸一边说着，一边握了握泽维尔亮闪闪的手，"我在此命令你带着我的女儿去冒险。"

"我是她的诺尼姨妈，"诺尼姨妈加了一句，"还有……我的命令同上。"

"非常高兴见到你们两位。"泽维尔说。

然后他行了一个屈膝礼。

"我是泽维尔·阿特金斯，"他说，"我保证我可靠且正常，阿斯特不会有任何危险。"他绽放出灿烂的笑容，扇动长长的睫毛，对我的家人眨了眨他那双大眼睛。

"我该担心吗?"爸爸问诺尼姨妈。

"你应该很高兴。"她说。

"记得用投币电话!"爸爸大喊着，但泽维尔已经把我从花园的小径上拽走了。

"我们这是要去做什么?"我紧张地问他，并回头向家的方向看了看，看到诺尼姨妈正揪着爸爸的睡衣领子把他往家里拖。"不要太离谱，也不要伤害到任何人。"

泽维尔看起来好像要开玩笑，但随即就变得严肃起来，仿佛能看出这件事对我很重要。"我承诺，"他说，"不会很

离谱，也不会伤害到任何人。"

"所以我们要做什么呢？"我稍微安心后再次问道。

泽维尔把手伸进他肩上挎着的一个粉色的小包里，拿出一支口琴和一支卡祖笛。"我们要进行一场音乐表演，"他说，"还有即兴舞蹈表演。"

我一边摇头，一边摆手，赶忙说："不，不包括我，我不表演。"

"你喜欢读书，对吧？"泽维尔问。我点点头，他继续说："你书里的角色，会摇头说不，还是会拿起这支卡祖笛？"

"他们会拿起卡祖笛，"我非常勉强地说，"不过……"

"别问我跳舞、吹卡祖笛是不是很幼稚，因为就算是幼稚，我们也只有几年珍贵的时光可以幼稚了，阿斯特。我们会后悔没有抓住每一次机会的。"

"听上去你像疯癫的梦幻……"我想了一会儿，看了看他的翅膀和芭蕾舞裙，继续说道，"精灵。"

"是啊，也许是。"泽维尔笑着说，"你会拿起卡祖笛吗？"

"我……"

泽维尔抓着我的手臂，眼睛盯着我。

"阿斯特，拿着卡祖笛。"他说。

第二十二章　心中落泪也要闪耀光芒

周一，美好而正确的事：我和英迪格一起走进学校。

早上七点半，诺尼姨妈把英迪格送到我家来。她得早早去上班，不想把英迪格一个人留在家里。

她不肯告诉我们原因。至少，她不肯告诉我。但是我听见了她对爸爸轻轻说的话。我听到了她说的话里的六个词。这已经足够了。

"脆弱……"

"害怕……"

"悲伤……"

"孤独……"

"愤怒……"

"空虚……"

我不太清楚"空虚"指的是房子还是英迪格。这不重要，反正说的是一件事情。

他们在一旁小声嘀咕，而英迪格坐在一边，面色苍白、双眼放空的时候，我开始怀疑，是不是世界上每个人都有点悲伤，有点孤独，有点愤怒，有点空虚。

有些人看起来不是这样。安纳利斯似乎从不空虚。她似乎总是保持美丽、阳光和笑容满面。只有英迪格对她刻薄的时候她才会生气，即使生气，到午休时她不好的情绪已一扫而空。

不过，当你看到泽维尔穿着芭蕾舞裙在我们镇的主路上，随着我吹得一塌糊涂的卡祖笛起舞，并挥舞魔棒时，会觉得他看起来也不错。即使其他人对他指指点点，嘲笑他，他看起来也不为所动。他看上去同样美丽、阳光和笑容满面。

我猜我当时看起来也是这样。

因为我也忍不住微笑。

我能停止感受悲伤以外的情绪。

一开始有点尴尬、腼腆和害羞。

但是没有胸腔发紧，没有双手颤抖，也没有心跳加速。

因为泽维尔在那里，穿得像一个仙女（或者是梦幻精灵），让我发笑。而且不管怎样，我可以躲在有角的头盔下面，藏在那条让我下巴发痒的假胡子底下。我可以成为一个角色。

随后，慢慢地，当其他人加入我们一起跳舞，当学校的米尔本夫人和商店里的乔丽夫人都出来，放下她们的包，开始跟着我们用自己胡乱编造出来的古怪歌词唱起来的时候，甚至连尴尬都消失了。

我跳了一会儿舞。这是我许久以来第一次感到……自由……就像个孩子，一个最纯粹的孩子。就像诺尼姨妈描述的那样，充满了魔力和欢乐。

那一刻，我一定看起来非常快乐，无忧无虑。

但问题是……噪声还是在那里。

咬人的怪兽还是在那里。

它们从未真正离开。它们只是在等待。但你看到我那时的样子，根本感受不到这些。

还有泽维尔，尽管他戴着一双闪闪发光的翅膀，唱啊，笑啊，可还是有一只大黑狗，在阴影里等待着他。

有时候，阿斯姆也会哭，也许那天早上她就哭过。

我们能看到每个人的表面，却无法了解其内心。

我内心的噪声仅被卡祖笛吹奏的呜呜声淹没了一会儿，

悲伤还是在那里。

也许每个人都是这样。也许我们每个人都是充满泪水的井，只是表面闪耀着光芒。

我想和英迪格谈谈。我想帮她稍微排干一点她内心的悲伤之井，可我不知道要怎么做。

最后，她先开口和我说话了。

"这周我每天都得和你一起去上学。"她说。

"好的。"我只能这样回答。

"我不想这样，"她嘶吼道，眼睛里充满了怒火，"也许有的日子我根本不会去学校。我会逃学，你不准告诉任何人，特别是你姨妈！"

我脑子里只能想到那六个词。

"脆弱……"

"害怕……"

"悲伤……"

"孤独……"

"愤怒……"

"空虚……"

我心想，"我上次什么都没说，但没关系，因为诺尼姨妈来了，帮了你一段时间。但是如果我这次什么都不说，出事了可怎么办呢？万一你的井溢出来了，都是我的错怎么办？”

但我什么都没说，我只能轻声、无力地说：“好的！”

当我们经过乔丽夫人的商店的时候，她从店里伸出头来，晃着我那本《七个小澳大利亚人》的书说：“这是你的吧，阿斯特？我想是你把书忘在这儿了。”

“你读过了吗？”我问。

乔丽夫人摇了摇头：“当然没有，亲爱的。我知道这是你的书，所以我帮你保管着，我可没时间读书。”

“你想留着这本书吗？”我难为情地开口问道。

乔丽夫人摇摇头说：“谢谢你，亲爱的，但我想这本书对你来说比对我更重要。这是你的特别之物。况且我也没有时间看。”

她把书还给了我，还顺便给了我一包蛇形软糖，然后她往旁边看看，发现英迪格在我身边，就露出一种很紧张的神色。我想说：“没关系！她不是我的朋友，你不用担心！”但英迪格冷笑一声说：“你在看什么？”乔丽夫人僵住了，她直了直身体，向后退了几步，一言不发地回到小店里。

我感受到了无尽的悲伤。

我们走过阿斯姆的冰激凌店。我往里一看，看到她站在

柜台后面，双手支撑着脸颊。

她的眼睛里满含泪水。

我想象自己十五岁。

我想象自己是阿斯姆。

我想象在未来的岁月里，我也会经历的所有悲伤。我想象自己待在柜台后面，也许是在冰激凌店，眼中饱含着泪水。

"别像个怪胎似的，"英迪格低声道，"别想象了。我知道你在想象。"

我停止了想象。

"我不是一个怪胎。"我嘟囔道。

"不，你就是。"英迪格说。停顿了很长时间后，她加了一句："我想我也是。"

我们在沉默中一起走了很长时间，直到她再次开口说话。

"我觉得我妈妈不是一个好妈妈。"她平静地说。

"我妈妈也不是。"我说。

"我觉得她不在乎我。"

"我妈妈也是。"

说完之后，我们一直保持安静。

然后，世界上最不可思议的事情发生了。

英迪格·迈克尔伸出手，握住了我的手。

第二十三章　有爱之人不缺爱

周二，美好而正确的事：我给了弗林·布鲁门萨尔一朵花，让他送给安纳利斯。因为我知道他永远是她最好的朋友，而我永远无望。也许有一天他们会相爱。也许他们会结婚。这很合理，他们很般配。而且他的友情让她觉得快乐，至少这是件好事。

我不该如此期盼弗林成为我的好朋友，以至于我的脑海里全是这件事，因为他充满活力和快乐，而我却微不足道，内心千疮百孔。

我不该希望他能成为我的朋友，因为我只在书上读到过这样的生活，而他正在过这样的生活。

尽管我演奏卡祖笛、跳舞、开怀大笑，戴着带角的头盔，感觉很自由，但那只是幻象。

那只是一张包裹着空盒子的包装纸。

那是假的。

所有的笑声、舞蹈、魔法和美好。

噪声依然存在。

噪声总是在说那些事——说我只是一个幻影。我什么都不是。

我只是一个幽灵。

无人喜欢我。

弗林不想靠近我，他不想让我们的灵魂相连。他甚至看不到我们之间的连线。

连我的妈妈都不想靠近我。

妈妈本该爱自己的孩子。如果她不爱自己的孩子，孩子的内心又怎么能有爱呢？

无论再怎么努力尝试，无论做了多少事情，又怎么弥补缺失的这一点呢？

我希望弗林·布鲁门萨尔做我的朋友，因为他充满了活力和快乐，他比黄金更耀眼。如果他愿意靠近我，也许能弥补我所缺失的妈妈的爱。

他不想。

他最好的朋友是安纳利斯，因为她也比黄金更耀眼。她有手机，喝冰茶，背得出所有流行歌曲的歌词。她能编创出像流行歌曲一样的歌，她还很会说话，而且她妈妈也爱她。

她拥有这么多的爱，而我知道她还会拥有更多。像安纳利斯这样的人总会得到更多的爱，她值得拥有每个人的爱。而且她并不刻薄，她不坏。她只是很出色，这不是刻薄或坏。

当我们走进学校操场的时候，英迪格·迈克尔看到了他们。她没有跑掉，至少今天没有跑。

英迪格握着我的手，滔滔不绝地和我讲话，讲她妈妈，讲她妈妈总是不在，讲她妈妈总是把她一个人留在家里，有时候连吃的和干净的换洗衣物都没有给她准备。英迪格给了妈妈所有的爱，但她妈妈对此毫不在意。

她告诉了我所有的事情，最后，她说："你还不错，阿斯特。"

然后她看见了弗林和安纳利斯。

"他们让我觉得恶心，"她说，"这两个，还有那些受欢迎的孩子们。他们傻乎乎的，总觉得自己是完美的，好像因为他们漂亮、聪明、不缺钱，就比我们更高级似的，我讨厌他们。"

安纳利斯和弗林坐在办公楼前的台阶上。弗林说了一些让安纳利斯笑起来的话。她的双眼好像是阳光下的湖水，她的头发好像是礼物上的缎带，而弗林一边说话一边把足球砸在地上。

乒。

乒。

乒。

足球每次都精准地弹回到他的手里，就像连它都不能忍受和他分开一样。

我意识到自己手里拿着一朵花，那是我在路上采的。因为我担心英迪格会跑，这让我的手无处安放，只能做点什么。

那是一株飞燕草。它又长又细的茎上长了上百朵花，像一根鸡毛掸子。

飞燕草象征着善意、快乐和开放的心。它的颜色正好和安纳利斯眼睛的颜色一样。

趁着弗林和安纳利斯在讲话，他们望着彼此，谈论着他们喜欢看的电视剧的时候，我快速跑过去，把花放在他的书包上面。

因为我知道，他一定会把花给她。

因为她值得。

因为这些比黄金还耀眼的人值得很多很多的爱和幸福，因为像我这样的人应该为他们做点事，也许这样有一天我们会变得不那么空虚。

"你为什么这么做？"当我走回英迪格身边的时候，她问道。

"我猜大概因为我是一个怪胎吧。"我回答道，随即被自己的勇气震惊了。

我看了看手腕上的手表。

离上课还有十分钟。

时间足够去看一只兔子。

"你要去干吗？"英迪格在我身后喊道。

"我去看看蜀葵。"我说，转身向英迪格微笑，"对不起，我是说，丹尼莉丝。你能答应我，不在我离开的时候跑掉吗？"

英迪格翻了个白眼说："好，好。"

我希望这在英迪格的语言里意味着一种承诺。

看到蜀葵的时候，我发现她正卧在泽维尔的大腿上。

"你怎么到学校里来了？"我一边问，一边走到他身旁坐下。

他耸耸肩："我想见你。"

"大黑狗出现了？"

"是的。"

"你来看我真好，"我对他说，"太好了，你不是只待在房间里。不过你怎么知道我会来呢？一般这时我会在上课。"

他耸耸肩说："我猜是心灵感应吧。"

我仔细打量着他。他已经不是那个在马路上跳舞的男孩了。

眼前的他是一个全新的男孩，他的内心充满阴霾，但是我仍然觉得像回到了家，安心地坐在他的身边。

我想这就是真正的友谊给人的感觉，像家人一样。

"你想抱抱她吗？"泽维尔问。

我摇了摇头："你更需要她。"

"我们可以一起抱着她。"他建议道。兔子——我已经开始把她当成是我们的兔子了——睡着了；泽维尔把她的后脚放在我膝盖上，然后把它的脑袋和前脚放在自己的膝盖上。我们一起安安静静地坐着，我能感到那只大黑狗就在那里，但没关系。

你仍然可以喜欢一个内心有大黑狗的人。

学校的上课铃响了，我小心翼翼地把丹妮莉丝放回泽维尔的膝盖上，然后给他摘了一朵花。

不是鲜艳的蓝色飞燕草，只是一朵蒲公英。

但没关系。

蒲公英象征着战胜生活的挑战，走出困境，变得更强大。

当我回去上学的时候，我给自己唱了首歌。

不是一首像安纳利斯写的那样完美的歌。只是一首歌。

　　我是蒲公英。

　　永远在努力。

　　我将奋力冲破大地。

　　无人低头注意我，

　　总有一天，

　　我的价值终将被铭记。

第二十四章　不落凡尘的友谊照亮我

周三，美好而正确的事：我看到阿斯姆今天过得不顺，便没有提醒她，我要的是酸橙蜘蛛[1]。

放学后，我在阿斯姆的冰激凌店遇到了泽维尔。

今天不是特别糟糕的一天，也不是很棒的一天。但至少英迪格没有跑掉，她在学校也没有闯祸。

不知道为什么，这让我感觉更加平静了。我希望她没事。她就像我的另一面，吵闹、愤怒、爱惹麻烦的那一面。

[1] 这里是指一种将冰激凌添加到软饮或调味糖浆和碳酸水混合物中制作而成的冷饮。

我希望我们两个都能好好的。

泽维尔和我坐在咖啡馆后面的一个卡座里。泽维尔说他从来没有喝过蜘蛛饮料。

"我不相信有这种东西。"他说。

"蜘蛛？"我问，"但你怎么能不相信有蜘蛛存在？它们显然……"我挥了挥手，这让我想起了诺尼姨妈，"……是真实的。"

泽维尔哼了一声："阿斯特，你真有趣！"

我皱起鼻子回答道："我可没开玩笑。"

"但你还是很有趣，你又聪明，又有趣，又有智慧。"

我眯起眼睛："你是想分散我的注意力，不让我问蜘蛛饮料的事。"

"也许是有点，"泽维尔承认，"好吧，我相信蜘蛛是存在的。它们当然存在。我只是不确定这种蜘蛛饮料是否应该存在，就像菠萝不该放在比萨上，冰激凌也不该放在饮料里。这看起来……是错的。"

"你得试试。"

"好吧，"泽维尔说，"为了你，我什么事情都可以尝试，阿斯特。"

然后他对我眨了眨眼。我的心头一暖。因为他说话的样子……我希望这意味着他像我喜欢他一样喜欢我。

我希望这意味着他是我最好的朋友，而且他能感受到我们之间的心弦彼此相连。

我希望这意味着他会留下来。

"蜘蛛饮料能成为我今天做过的美好而正确的事，"泽维尔说，"你完成你今天的美好而正确的事了吗？"

我盯着自己的手指甲。我还没有。我还没有做我的美好而正确的事。但现在才下午三点钟。我还有时间战胜内心的噪声。

"会没事的，我保证。"泽维尔说。他握住我的手。他的食指上戴着从两元机器上得到的塑料戒指，戒指上还有一朵花。

"也许。"我迅速地回答，然后为了转移他的注意力，我又说，"那我去点两杯蜘蛛饮料？你要喝哪种？"

"我该试试哪一个？"泽维尔说。

"我有一次喝完蓝色天堂[1]就吐了，吐出来的东西就像蓝精灵吐的一样。"

我没告诉他，我妈妈知道后有多生气。

---

[1] 一种蜘蛛饮料的口味。

"毫无疑问，我想要蓝精灵的呕吐。"泽维尔说。

于是，我走到柜台前面，拿着一把我干家务赚来的硬币和泽维尔妈妈给他的五美元纸币。我给泽维尔点了一杯蓝色天堂，给自己点了一杯酸橙蜘蛛，因为它是我的最爱。

阿斯姆今天把头发梳在头顶盘了个髻，有些头发竖起来，有些头发被染成了圣诞怪杰那种绿色，头上还戴了个心形的发夹。她穿着工装裤，上身是一件只到肋骨的超短斑点T恤衫，你能看到她的腰。她穿着一双略显笨重的黑色靴子，涂着近乎黑色的口红。

她的双眼透着红血丝，鼻子也红红的，我点单的时候，她都没有看我一眼。

我知道她又哭了，我想，可能是因为那个男孩，因为他今天不在，以往放学后他都在的。我从书上知道，少女的哭泣大多是为了男孩。

"小鬼，你好吗？"她问我。她笑了笑，但不是那种发自内心的微笑，只是嘴角微微牵动了一下而已。

我也想对她笑笑，但我内心很紧张。

我回了她一些话，但我觉得回得并不好，然后我赶紧跑回了泽维尔身边，跑回让我有安全感的地方。

当阿斯姆端来一杯蓝色天堂和一杯柠檬蜘蛛时，我什么

都没有说。

　　暗地里，我有点感激，因为我知道自己什么都没说，今天的美好而正确的事就完成了。

　　"你不是说你要酸橙蜘蛛吗？"泽维尔问，只不过问的声音大了点。

　　我非常小声地解释了。

　　他点了点头，表示理解。

　　"她看起来真的很伤心。"他同意我的看法。

　　我和他分享了我的"悲伤之井"的观点，他也很认同。

　　我告诉他，尽管阿斯姆今天看起来很悲伤，我仍希望自己是阿斯姆的朋友，因为她很棒、很有魔力。

　　"我觉得你才很棒、很有魔力。"泽维尔说。

　　我低头盯着自己的指尖，没说话。

　　"不过阿斯姆也很不错。"他补充道，"我们都成为她的好朋友吧，想办法让她高兴起来。我们来做一些奇特又有趣的事情，让她心情变好。我觉得阿斯姆是那种看到别人做奇特的事，心情就会好一些的人。"

　　我翻了个白眼："那不是会很尴尬吗？"

　　"也许吧。"他边说边把我拉了起来。

　　然后他对着我的耳朵低语。

我只用了片刻就想出了这些歌词：

> 阿斯姆，
>
> 你照亮了我的每一天。
>
> 在每一个方面，
>
> 你都神奇有魔力，充满真知灼见！
>
> 阿斯姆，
>
> 你照亮了我的每一天，
>
> 在每一个方面！
>
> 你是阿斯姆，你是阿斯姆！
>
> 你点亮了我们的每一天！

"如果时间充裕的话，我们……可以写得更好。"我们完成这首歌并交给阿斯姆时，我略感尴尬地轻轻说。

她盯着我，眼睛里打转的泪珠从脸颊上滑落下来。

"这很完美，阿斯特，你很完美。"她最后说。

随后，在我问出口之前……

如果我有勇气问的话……

她对我说："你能做我的朋友吗？小阿斯特？"

我的心顿时膨胀起来。

我的心像天空一样大。

两个朋友。

两个。

我有两个朋友了，他们就像阳光一样。

第二十五章　避之不及的纷繁世界

周四，美好而正确的事：今天没有美好而正确的事，因为英迪格·迈克尔跑了。

我搞砸了。

她就交给我一件事。这么多年来，她给了我那么多冰激凌、歌声和关爱，现在诺尼姨妈只交给我一件事，我却搞砸了。就算我日复一日地做完世上所有美好而正确的事，也没有办法弥补。

我搞砸了，因为我没上心。

我搞砸了，因为我在想阿斯姆说的话，她想成为我的朋友。我在想泽维尔跟她聊过以后，她说很抱歉一直都没记住

香草酸奶冰激凌是我的最爱，还说自己是个很糟糕的冰激凌店店员，但那并不意味着我不是她最喜爱的顾客。

"从现在起，永远都是香草酸奶冰激凌。"她告诉我。

"除非她哪天要选彩虹冰激凌。"泽维尔说。

我搞砸了，因为阿斯姆告诉了我那个男孩的事情，告诉我他如何承诺给她全世界，结果却只给了她尘埃。我告诉她，她比尘埃要好，比全世界都要好，然后她说："瞧，你会成为一个很棒的朋友。"

我搞砸了，因为当英迪格·迈克尔告诉我她要跑掉的时候，我没听进去。

当她说自己在学校待得很难受，因为每个人都不喜欢她，她想要不停地跑，一直跑，直到找到她爸爸的时候，我没有听进去；她说如果她妈妈不想管她，也许她爸爸会想管，然后他们会一起骑着摩托车不停地跑，一直跑到澳大利亚的尽头，接着他们会一起搭乘一艘海盗船，航行到法国，去当珠宝大盗、街头艺人、魔术师，或者是在市场上卖动物气球的小丑，这些我都没听进去。

我没有听，因为英迪格每天都这样说。头几天我还会感觉害怕，后来我就开始把她所说的话当成故事，仅此而已。我开始把这些话当成背景音乐，在走路时让这些音乐围在我耳边跳舞。我头脑里则想着阿斯姆、泽维尔和冰激凌。

我搞砸了，因为我正看着云，想着它们是多么漂亮。

我搞砸了，因为我没有看好英迪格。

而且我没在听她说话。

直到没有声音了我才反应过来。

直到她走了我才反应过来。

我们小镇的马路从没有显得如此宽阔、空旷，好像到处都是坏人。我一遍又一遍地高喊她的名字，直到我哭出声响。

我沿着主街跑着，喊着，直到乔丽夫人从商店里跑出来，抓住我，把我抱进她柔软的怀抱里，让我深呼吸。

她陪着我走到学校，走进米尔本夫人的办公室，让我把事情经过再讲一遍。

米尔本夫人说这不是我的错。

卡纳维尔夫人也来到办公室，说这不是我的错。但她们都在说谎。

我说我感到一阵恶心，卡纳维尔夫人握着我的手，带我到厕所去。

我们路过弗林和安纳利斯身边时，安纳利斯问我是否还好。她看起来是真的很想知道我是不是还好，于是我摇了摇头，然后她就陪着我们一起去了厕所，帮我恢复正常呼吸。

等我能像正常人一样呼吸之后，我又回到了办公室。

在我脑海里，一个又小又愚蠢又充满希望的声音轻声对我说，也许英迪格已经回来了，等我们到办公室的时候她已经在那儿了。

"我们已经给你的诺尼姨妈打电话了。"米尔本夫人说。

英迪格不在这里。

不在这里。

不在这里。

"还有你的爸爸。"

英迪格不在这里。

我搞砸了。

"你该回家了。"米尔本夫人说。

我点点头。

我搞砸了。

英迪格。

"我要见我的爸爸。"我说。

"他在来的路上了。"米尔本夫人说。她的眼睛又大又悲伤，看起来像个小姑娘，"他在路上了，亲爱的小阿斯特。"

"我会陪着你，直到他过来。"安纳利斯说。

"我也是。"卡纳维尔夫人说，"格里芬夫人可以自己把图书馆的工作打理好。那里很忙，她心情不好。那都是她自作自受。"

我太震惊了，以至于笑出声音，可之后我又因为笑了而觉得特别惭愧。

我能听到妈妈的声音在我脑海里回荡："好坏的女孩。为什么她什么事情都做不好？"

但实际上没有人生我的气。每个人都在笑。

然后我哭出了声。安纳利斯抱住了我，全世界都颠倒了，所有的事情都错了，都令人害怕。我只想蜷在一个角落里，能缩多小就缩多小。

我对米尔本夫人说："对不起。"

她说："别傻了。"

但这不是傻，这是很糟糕。

而英迪格·迈克尔依然不知所终。

第二十六章　宇宙颠倒的大发现

周五，美好而正确的事：我给了英迪格·迈克尔一个拥抱。

昨晚，他们找到了英迪格。

诺尼姨妈得知她失踪后立即给警察打了电话，然后他们说不必像我在书里看到的那样等二十四小时。他们说因为英迪格是个孩子，而且考虑到她的"过往"，他们会立即着手找她。

诺尼姨妈去协助警方了。我也想去，因为我觉得这都是我的错。要是我能找到她，那这件美好而正确的事就能弥补我犯下的所有错事了。

但是爸爸说我不能去。他说我年纪太小了，不适合参与。我知道，真实的原因是，他担心他们找到英迪格的时候，会是什么场景。

她会是什么样子。

他想保护我的安全。

我想争辩。

我想踢东西……

尖叫……

打人……

从门口冲出去。

逼他们带上我。

但是我吞下了所有的情绪——所有的愤怒，所有的担忧，所有的恐惧——为了爸爸，我点点头，回到我的房间。

我努力让自己安静地待在房间里，但是每隔几分钟我就会想出一个她可能会在的地方。

我跑下楼。

"也许她在她妈妈那里！"我哭着冲进厨房，看见爸爸正在喝茶。他把茶洒在了衣服上，但他看起来并不生气。

他盯着我看了一会儿，思索着。他看起来想说些什么，但又止住了。他点了点头，说："我给诺尼打电话，让她去那里找找。"

我回到了房间。但是几分钟后，我又有了新的想法。我

高喊："一定是公园里，在海盗船下面。她老是躲在那里！"
爸爸又把茶杯打翻了。

这次，爸爸毫不犹豫地说："我这就给你姨妈打电话。"

我在床上坐了一会儿，又有了新的主意。这次，爸爸有了准备，他看到我的时候把杯子放下了。

"学校！"我说，"也许她去学校了，有时候她到得很早。我觉得她假装不喜欢学校，其实她很喜欢。"

爸爸把我拉进他温暖、潮湿、闻上去带有茶香的怀抱里。"我这就打电话，"他说，"不过，你应该知道，这件事情不是你的错，对吧？花瓣？"

"当然是我的错！"我脱口而出，"我本该让她待在我身边的，我本该让她留下来的。她跑了，就是因为我不够好。我没有做好应做的事。我没能让她喜欢我。如果我能让她喜欢我，她就不会走了。"

爸爸好奇地看着我，问道："我们说的还是英迪格的事吗？"

这次，我跑回房间，重重地关上门，再也没有下楼。

不一会儿，我听到有人敲我的窗户，有音乐从外面传来。

我没有从被子里钻出来。

是泽维尔。

如果是平时，我会很愿意见到泽维尔，但那一刻，我谁都不想见。我觉得自己不配见任何人。

因为这全是我的错。

我不配拥有泽维尔这样的朋友。我不配听音乐。

我一直等到音乐声停止。

我听到一阵沙沙声响起，然后是一片寂静。

我想我可能睡着了，但是就算我睡着了，我也没做梦。

我醒来的时候，感觉到有人把手放在我的肩膀上。我以为是爸爸，但是闻起来不像爸爸，也不像诺尼姨妈，而且一般他们会叫我的名字，或者问我是不是睡着了。我从被子底下钻出来，小心翼翼地往外看。原来是英迪格·迈克尔！她正坐在我床上。她看起来非常累，前额还有血。

我赶紧坐了起来。

"你回来了！"

"对不起，我跑掉了，"她说，"我很抱歉，让你担心了。"

"你跑哪里去了？"我轻声问。

"其实哪儿都没去，"她说，"我本来想去找我爸爸，然后意识到我根本不知道去哪里找。我不知道他在哪里。然后我又转而找妈妈，但是她也不在家，我不知道她在哪里。我谁都找不到。"

"我也不知道我妈妈在哪里。"我一边说,一边打着哈欠。

英迪格点点头,说:"我知道,诺尼姨妈告诉我了。看来我们都在经历一些糟糕的事。"

"悲伤之井。"我迷迷糊糊地说。

"什么?"

"没事。"我摇了摇头,"然后你去了哪里?"

英迪格叹了口气。她看起来非常痛苦,说:"我打碎了我妈妈家里的一扇窗户。我以为她在睡觉,只是听不见我敲门。我的头就是这么弄破的。后来我才发现她根本不在那里。她把我房间里的海报都撕了,把那个房间改成了一个客厅。她不是一个好妈妈。我的意思是……我想她是爱我的,只是她不擅长表达。"

"我不觉得我妈妈爱我。"我非常小声地说。

"好吧,那她可真蠢。"英迪格说。

有好一阵,我们两个什么都没说。然后英迪格开口说:"我能抱抱你吗?"

我想,抱抱她应该是一件美好而正确的事。

但也可能不是,因为这种感觉真的太棒了。

不过——也许为别人做了好事,不一定非要感觉不好。

我看了看时钟,已经过了午夜。"你应该跟诺尼姨妈回家了。"我说，"很晚了。"

英迪格摇了摇头说："我们今晚就待在这里。诺尼姨妈真的很累，你爸爸说我们今晚可以在这儿留宿。而且明天我们都不用去上学，也不用去上班，所以这还挺棒的。也许我们可以一起做点什么？你和我。"

"你和我？"

英迪格翻了翻白眼，说："行啦，对不起啦，之前我对你挺不好的。你很棒。如果你愿意的话，我想和你一起玩。我们可以做朋友什么的。"

我点点头说："嗯，好呀。"

三个朋友了。

要是把安纳利斯算进来的话，也许可以算四个。

"还有，我在想……"英迪格从我身上移开视线，看着墙。"诺尼姨妈说我可以睡在客房里，但是……我真的想睡在这里，如果可以的话。"

我把被子掀开，她爬了进来。她翻了个身，于是我们背靠背躺着。"多谢了，怪胎。"说完，她打起了呼噜。

今天，我们一整天都待在一起，什么都没做，又好像什么都做了。我觉得太阳可能打西边升起了。因为我觉得英迪格·迈克尔也挺不错的。

第二十七章　我们都要有坚硬的壳

周六，美好而正确的事：我和妈妈通电话。

这个早晨，英迪格跟着诺尼姨妈去和她妈妈"在监督下会面"了。

她跟着诺尼姨妈离开的时候，看起来很害怕。但我一路牵着她的手走到了门口，她看起来没有那么害怕了。这是一种多么奇妙的感觉——我竟然能帮助别人减轻恐惧。

她昨晚又睡在我的床上。诺尼姨妈要和我们一起住一段时间，所以英迪格也住在这里。

我不知道为什么诺尼姨妈要和我们住在一起，但这让我很高兴。而且英迪格待在这里也让我很开心。我知道这很奇怪，但这有点像我多了个姐妹。我一直想要有个姐妹。

我知道她很任性。我也知道她有时候挺刻薄，我知道可以用很多词形容她，但她又不是那些词可以简单概括的，因为她是一个人，而人终究不是几个词能概括的。

我喜欢她。我觉得她也喜欢我。

这件事情挺奇怪的，但这是那种好的奇怪。

她离开后，爸爸问我介不介意她在家里住，介不介意她们俩都住在这里。"我们可以让她们住在闲置的房间里，"爸爸说，"我们在那间房里加一张床，让她们一起住，这样你就不用和英迪格挤在一个房间了。"

"我想和她挤在一个房间，可以吗？"我问。

爸爸微笑着说："那我们就在你的房间里再放一张床吧。"他皱了皱眉，又说，"但是，如果她哪天……对你不好了，让你伤心了，要是哪怕有一刻让你觉得，你想独自住……"

"我会说的。"我说。但我不觉得会有那样的时候。和英迪格合住这个念头让我有些兴奋。我甚至觉得她会想要把一部分房间布置成她想要的样子。也许她会想贴一些海报，就像她妈妈撕掉的那些。也许她会贴一些拍立得的照片，甚至装饰一些灯笼或者彩旗之类的。我们可以按各自的喜好装扮这个房间，一人占一半。

"你要知道,她随时可能会回家——回到她真正的家里，"爸爸温柔地说，"她也许不会和我们一起住太久。"

"没关系的。"我说，尽管一想到这个会让我有些难过，"那我们还能在学校里当朋友嘛。"

想到朋友，我又记起了其他事情。

周四晚上，敲打我的窗户的声音又响起了。

那音乐声，是泽维尔。

也许我的"新朋友"英迪格让我很兴奋，但我同样很爱我的另一个新朋友——泽维尔，甚至爱得更多。

我心里暖暖的，因为拥有了这么多友谊。一开始我一个朋友也没有，现在却有了这么多朋友。而且，诺尼姨妈也要住过来，这让我的生活越来越丰盈，不知道为什么，一想到这些，心里就没有那么紧张、压抑了。

而这些都是从泽维尔开始的。他不是那种疯癫的梦幻男孩，他帮了我。我得去见见他。

我跑下楼想问爸爸能不能让我去泽维尔家，但当我走到楼下的时候，看到他正在打电话。

爸爸举起一根手指，脸色灰暗。

他还没开口，我就猜到他要说什么了。

"是你妈妈的电话，"他用一种轻而嘶哑的声音说，"她想和你说话。"

我点点头。因为这是我唯一能做的。

"你不一定要和她说话,"爸爸继续说,"如果你不想的话也没关系,只是她非得让我问问你,所以……"

"我不想。"

我的嗓子犹如遭受一场地震,我尽力把这种感觉吞咽下去,但这都是徒劳,它变得更强烈了。我从椅子上滑下,蜷缩了起来。

让自己缩得更小。

让自己变成贝壳。

"我不想。"我重复道。

爸爸说:"没问题,我和她说。"

几分钟后,爸爸回来了,他没有再提起妈妈。"想吃冰激凌吗?香草酸奶味?"

我点点头:"或者彩虹冰激凌。"

也许,不和妈妈通话,不是一件美好而正确的事情。

但是有时候,也许,不做美好而正确的事才是正确的事。

如果这样能保护自己的心的话。

第二十八章　像天空一样广阔

周日，美好而正确的事：不存在。

爸爸在去冰激凌店的路上告诉我：

妈妈要有一个新宝宝了。

她不会再回来了。

她很快就要再婚了。

她不会回家了。

她希望我参加她的婚礼；她希望我能当她的花童；她希望我能去见见她的男朋友；她希望我去看看她；她希望我能成为她的"家庭成员之一"。

她说希望我帮忙选宝宝的名字——我同母异父的兄弟姐

妹的名字。

但是她不会再回这个家了。

她现在住在阿德莱德。她的新男友叫莱奇，他在军队工作。

她喜欢阿德莱德。

她说她很开心。

她说住在阿德莱德，和莱奇在一起，肚子里还有一个将会成为我兄弟姐妹的新宝宝，这令她人生第一次感到快乐。

她在我们家从没开心过。

所以，她不会回家了。

我觉得爸爸以为我会颤抖、摇晃、大哭，把自己缩成小小一团。

然而，我却想让自己变得和天空一样广阔。

因此，在我们小镇的马路中间，我面向云朵，高声呐喊。

爸爸由着我喊叫。

我大喊着，直到肺里没有了空气，所有的噪声都消失。

"现在去吃冰激凌吗？"在我停下后，爸爸问我。

我点点头，坚定地说："去。"

于是，我们一起走进阿斯姆的店。她看到我们走进来，喊道："香草酸奶味？"然后我回答："是的，拜托了，我还

要一勺彩虹冰激凌。"

这就是我今天做的美好而正确的事。

冰激凌。

很美好。

很正确。

从现在开始，这就是我要做的事情——做那些让我感觉良好和正确的事情。不仅为了别人，也为了我自己。

剩下的半天里，我和爸爸在开心中度过。

英迪格和诺尼姨妈在下午茶的时候回来了。英迪格进来的时候看起来很难过，诺尼姨妈则显得很疲惫。

我为她编了一首歌，这使她高兴了起来。

随后我去看望了泽维尔。

但他不在家。

第二十九章 保持你的魔力

周一。

我和格里芬夫人一起在图书馆值班。她的情绪很糟糕，但我注意到她在读一本关于巴黎的书，于是我告诉她我曾经写过一个关于巴黎的故事。那时爷爷奶奶去巴黎度假了，我觉得很难过，就写了一个关于他们在巴黎度假的故事，只不过在那个故事中，我也和他们一起去了巴黎。我们都戴着贝雷帽，去参观了埃菲尔铁塔、卢浮宫和蒙马特高地，还吃了青蛙腿、法棍面包、臭烘烘的奶酪。

格里芬夫人居然笑了，虽然只有一秒钟，但我捕捉到了她的微笑。这是神奇的一瞬，我将它深印脑海，永远不会忘怀。

"我爱巴黎，"她说，"我和我儿子一起去过，那时候他很小。在人山人海里，他突然大声说，蒙娜丽莎看起来像一颗土豆。他说他能画得更好，他不知道为什么大家这么喜欢这幅画。"

"你儿子的名字叫什么？"我问格里芬夫人，能多了解她一点让我很兴奋。之前我只知道她脾气很大，其余的我一无所知。

她又微笑了一下，不过这次，她的微笑中带着一丝悲伤。"彼特，"她说，"他两年前过世了。"

她没有再说什么，我也没有再追问，不过在我准备离开的时候，她说："谢谢你和我聊天。"

我希望这让她的悲伤之井里的水少了一点。

我离开图书馆的时候，英迪格在等我。"你知道吗？尽管听上去有点愚蠢又奇怪，但我一直想做图书馆员，长期的那种，不是因为'受教育的时刻'。但我不是特别擅长阅读。你觉得这会有影响吗？"

我摇了摇头，说："没有。但我觉得，和那么多书一起待在图书馆，会让你更喜欢读书的。"

"我喜欢读书。"英迪格纠正我说，"我只是不太擅长，所以……你能不能帮我问问卡纳维尔夫人呢？"

我保证会去帮她问问。

然后，英迪格去和学校辅导员见面了，我则向玫瑰花丛走去。

在路上，我看到了弗林·布鲁门萨尔和安纳利斯。他们坐在太阳下，一起看着一本杂志，边看边笑，看起来很开心。我也由衷地为他们感到开心。

我希望能在玫瑰花丛下看到丹妮莉丝，甚至，泽维尔。可他们并不在。

不过，我看到了一张纸条和一个小包裹。我打开纸条，开始阅读起来：

亲爱的阿斯特：

在你读到这张纸条的时候，我已经死了。哈哈，开玩笑的啦。

不过我刚才肯定吓到你了吧？我没死呢，但我也不太好。

那种情况又发生了。他们把我锁了起来，还把钥匙扔掉了。这也是个小玩笑。

今天下午我得去医院了，因为大黑狗越来越厉害，有透视眼的家伙觉得我得去一趟。我不知道

为什么大黑狗这么不听话，说真的，我本应该宇宙超级无敌开心，毕竟，我终于有了一个最好的朋友，她是世界上最酷的女孩。

我应该高兴到蹦起来，去吹奏卡祖笛。

但抑郁症不是这样的。你本该开心，并不意味着你就能开心。有时候当你知道自己应该开心但并不开心时，情况反而更糟。

妈妈会陪我一起去。她会住在医院附近给家长安排的房子里。希望我不会在那里待太久，因为妈妈说医院里的咖啡糟透了。

丹妮莉丝也会和我们一起去，为了陪伴妈妈，不让她那么无聊。丹妮莉丝会想念你的脚的，我想，她也会想念你其他部分啦。

请代表我向英迪格说声好，我和她不太熟悉，她来过几次，找我和丹妮莉丝聊天，但我觉得她也挺酷的。我觉得我不在的时候，她会成为你的好朋友。

等我回来，我们可以一起玩，再把阿斯姆也叫上，一起做些奇特的事情吧！就这么说定了，好吗？

总之，希望能早点见到你。

我不在的时候，学几首新卡祖笛的曲子吧。

试试所有的冰激凌口味。

保持你的魔力。

爬几棵树。

　　　　　　　　　　　　泽维尔

"你还好吗？"

我转过身。英迪格正蹲在我身后，递过来一包蛇形软糖。尽管我平时都拿绿色的，但这次我拿了一个红色的。

"我觉得挺好的。"我说，"你从没告诉过我你和泽维尔是朋友。"

英迪格耸耸肩，说："算不上真正的朋友，我只是在你不在的时候，偶尔去找他聊聊天。不过这种时候也不多，他和你一样，也是一个怪人。但他人挺好的。"

"他去医院了。"我说，"因为'大黑狗'。"

"他也和我说过大黑狗的事，"英迪格抽出一条黄色的软糖蛇，咬断它，"有时候，我觉得我也有。"

"我心里也有噪声。"我告诉她。

她又耸耸肩，说："是的，我觉得很多优秀的人都有。"

然后她安静了一会儿，又说，"如果你愿意的话，可以把头靠在我肩膀上。"

　于是我这样做了。

　然后，我们去爬树了。

　我们都不小了，不该爬树了。

　但管它呢。

第三十章　噪声消失了

周六。

我第一次和爸爸一起做了冥想练习。

英迪格也做了，还有诺尼姨妈。

我内心安宁。

大脑放空。

噪声消失了。

我能呼吸了。

那种静谧宛如一首歌。

那静谧如同花朵，从缝隙中生长绽放。

致　谢

　　我以最真挚的感激之情献给雷维特出版社的罗维娜和乔治，感谢他们对我这个温馨、质朴且饱含深情的故事充满信心，也感谢他们耐心协助我把这本书最终完成。

　　同时深深感谢我的经纪人，布莱恩。谢谢他一直不厌其烦地支持我，包容我在创作时的一些神经质。

　　感谢社交媒体上的澳大利亚作家社群对我的支持，在我对自己缺乏信心的时候依然相信我。

　　最重要的是，感谢我的家人——

　　我的丈夫，感谢他的务实精神，感谢他容忍我整日做着白日梦、迷迷糊糊的状态。

　　我的女儿，感谢她给予我快乐，带我做好玩的事情，领我进入魔法时刻，见识她独特而神奇的想象力。

　　我的爸爸，一直是我坚实的港湾和倾诉的对象。

　　我的哥哥，感谢他善意的微笑，还有他把自己的两个美丽的孩子带入我的生活。

　　我的继母，莉，她总能让我在笑不出来的时候笑起来。我的婆婆，总为我提供一个安全、包容的港湾。

　　我的外婆——永远美丽的外婆——给我树立了女性典范和为人处世的榜样。我所做的一切都是为了让你为我骄傲，外婆。

　　我最好的朋友朱尔斯，以及我住在伯尼的朋友们（还有我在伯尼的干妈莱斯利），他们像我的家人一样一直支持着我。

　　归根结底，是那些一直陪在我身边的人，让生活变得更加有意义。你们都是如此美好的存在。

图书在版编目（CIP）数据

每天做一件正确的事 /（澳）凯特·戈登著；张佳
璐译 . -- 昆明：晨光出版社，2025.6. -- ISBN 978-7-
5715-2701-3

Ⅰ . I611.84

中国国家版本馆 CIP 数据核字第 2025727RJ8 号

著作权合同登记号　图字：23-2023-087号

MEI TIAN ZUO YI JIAN ZHENG QUE DE SHI

每天做一件正确的事

[澳]凯特·戈登 著　张佳璐 译

出 版 人　杨旭恒

绘　　者　程晓磊　　　　　　营销编辑　赵 莎
项目策划　禹田文化　　　　　美术编辑　沈秋阳
版权编辑　张晴晴　　　　　　装帧设计　木
责任编辑　杨亚玲　　　　　　内文排版　史明明
项目编辑　火棘果子　　　　　责任印制　盛 杰

出　　版　晨光出版社
地　　址　昆明市环城西路 609 号新闻出版大楼
邮　　编　650034
发行电话　（010）88356856　88356858
印　　刷　固安兰球星球彩色印刷有限公司
经　　销　各地新华书店
版　　次　2025 年 6 月第 1 版
印　　次　2025 年 6 月第 1 次印刷
开　　本　145mm×210mm　32 开
印　　张　6.25
I S B N　978-7-5715-2701-3
字　　数　111 千
定　　价　28.00 元

退换声明：若有印刷质量问题，请及时和销售部门（010-88356856）联系退换。